산사의 아름다운 밥상

- 1판 1쇄 펴냄 2008년 8월 5일
- 1판 4쇄 펴냄 2012년 9월 15일

- 저자 이경애
- 사진 하지권
- 본문 일러스트 박혜진

- 발행인 이자승
- 편집인 김용환

- 펴낸곳 아름다운인연
- 출판등록 제 2003-120호(2003. 7. 3)
- 주소 서울시 종로구 견지동 13번지 대한불교조계종 전법회관 7층
- 전화 02-720-6107~9 팩스 02-733-6708
- 홈페이지 www.jogyebook.com
- 구입문의 불교전문서점 02-2031-2070~3, www.jbbook.co.kr

- ISBN 978-89-86821-91-8 03800

* 책값은 뒤표지에 있습니다.
* 도서출판 아름다운인연은 (주)조계종출판사의 출판브랜드입니다.

산사의 아름다운 밥상

글 이경애 · 사진 하지권

아름다운 인연

'참살이'를 구가하는 사람들이 늘어가면서 환경과 먹을거리의 문제는 이제 우리 사회 공통의 화두가 되었습니다. 그런 만큼 그 해법을 불교에서 찾으려는 움직임도 커지고 있습니다. 특히 사찰 음식에 대해서는 관심을 넘어 본격적인 공부를 하고 있는 추세입니다. 생명 연장의 꿈에 부푼 인류의 소원도, 오염된 환경에의 우려도, 현대 난치병 환자들의 고통도, 모두 사찰 음식 속에 그 해답이 있음을 이제야 눈치들을 채고 있는 것이지요. 지극히 자연스런 흐름이고 바람직한 변화가 아닐 수 없습니다. 불교의 근본정신이라 할 수 있는 천지동근天地同根 만물일여萬物一如 속에 이미 그 해답이 들어 있음입니다.

4년 전 월간 《불교와 문화》 편집장으로부터 절집 공양간을 소개하는 기획물을 준비하고 있다는 소식을 처음 들었을 때 저 역시 그러한 견지에서 박수를 쳤습니다. 공양간이야말로 불교의 천지동근 만물일여 사상이 생생하게 녹아 있는 최고의 현장으로서 어려운 설법보다 더 효과 있는 교화의 방편이 될 터였습니다. 하지만 내키지 않는 마음도 컸습니다. 세속에서도 남의 집 부엌 속내를 들여다보는 것은 크게 꺼려지는 일인데 하물며 승가의 규약이 엄연한 수행도량의 공양간을, 더군다나 속인의 주제로 기웃거리고 다닌다는 것은 거리낌 이전에 난처함의 문제였습니다. 그럼에도 인연은 미묘하여 거듭 청을 받다 보니 어인 변고인지 점차 '맡아 해야만 될 일'로 여겨지더니 기어이 2005년 벽두부터 절집 공양간을 기웃거리며 다니기에 이르렀고, 외람되이 오늘에 이르렀습니다.

더러 추상같은 법도에 떠밀려 문전박대를 당한 적도 있으되 대부분의 스님들이 동사섭의 취지를 옳게 보아 흔쾌히 문을 열어주었습니다. 중생의 눈이 어두워 세세히 헤아려 보지는 못했을 것이나 나름 보고 들은 바를 전함에 있어서만은 신중을 기하였음을 밝혀 둡니다.

끝으로 이 책에 실린 원고의 일부는 월간 《불교와 문화》에 게재되었

던 내용임을 밝히며 출판을 허용해 준《불교와 문화》편집부에 감사
드립니다. 또한 미욱스런 중생의 궁한 사정으로 추가분의 원고가 두
해나 미뤄진 사정임에도 무던히 인내하며 기다려 준 아름다운인연
편집진 여러분께 깊이 감사드립니다.
제 몸 위한답시고 비싼 돈으로 '쓰레기 음식Junk Food'을 사 먹는 이
우매의 세상에 전하는 절집의 공양간 소식이 부디 기특한 보탬이 될
수 있기를 바라면서 삼가 머리 숙입니다.

무자년 초여름,
북촌 하늘재에서 이경애 합장

차례

프롤로그
지상에서 가장 겸허하고 청빈한 식사가 이제 곧 시작됩니다.
● 채공간
반찬을 만드는 공간.
국과 찌개, 나물 반찬이
주를 이루기 때문에
조리기구들이
매우 간단합니다.

이밖에도 후원에는 식사를 하는 공양실과
음식재료를 넣어두는 저장실, 그릇 등을 보관하는
수납실이 있으며 장독대, 우물 그리고 채소밭이 후원 가까이 있습니다.

나물 반찬 만드는 일을 합니다. 이 소임도 나물거리를 다듬는 초보과정에서부터 올라갑니다.
● 채공 스님
● 갱두 스님
국과 찌개를 담당합니다. 오늘 아침은 맑은 무국입니다.

새벽 3시 30분 공양간에 불이 환하게 켜졌습니다.
어둠 속에서 행자승들이 총총 줄어 지어 나옵니다.
밥 짓고 반찬 다듬는 일은 산문에서 가장 먼저 배우는 소임이자 수행입니다.

● 공양주 스님

가장 중요한 밥 짓는 일을 합니다.
후원 생활의 마지막 소임이자 총지휘 자리로 책임이
막중하지요. 전임자로부터 3개월 정도 밥 짓는
비법을 전수 받은 다음에야 비로소 소임을 맡습니다.

음식을 받기 전과 다 먹은 후
그릇을 헹구는 물을 담는 그릇으로 퇴수통을 겸합니다.
배식 전에는 음식이 붙지 않게 하려고 그릇을 헹구고,
식사가 끝나면 숭늉과 남긴 김치 조각으로 발우와 수저를
모두 씻어 그 물과 김치를 먹은 다음
마지막으로 천수를 부어 발우들을 깨끗이 헹구어
퇴수통에 붓습니다.
이때 음식물 찌꺼기는 고춧가루 하나라도 남아서는 안 됩니다.
이 물은 아귀들이 마실 물로 아귀들은 목구멍이 바늘구멍보다 작아
음식찌꺼기가 들어가면 목에 걸이나 죽기 때문입니다.
● 천수발우

국을 담은 그릇.
국을 받을 때는 국물 한 방울도 흘리지 않도록
그릇을 두 손으로 받쳐 들고 국자 밑으로
바짝 내밀어 받습니다.
● 국발우

● 반찬발우
반찬 서너 가지를
먹을 만큼씩 덜어 담는 그릇입니다.
식사를 하기 전에 김치 한 조각을
국물에 씻어 따로 두었다가
식사가 끝난 뒤 그것으로
그릇을 씻고 나서 먹습니다.

● 어시발우
공양(밥)을 담는 그릇.
밥알이 들러붙지 않도록 처음 그릇을 헹굴 때
천수를 한 숟갈 정도 남겨 놓고 밥을 받습니다.

새벽 5시 30분
죽비소리와 함께 스님들의 발우 공양이 시작됩니다.
겸허하고 고요한 시간
한 방울의 물에도 천지의 은혜가 스미어 있고
한 알의 밥에도 만 사람의 노고가 깃들어 있습니다.

웃음이 절로 나는 별미 중의 별미

한 중생의 좀 모자라는 불연佛緣 이야기

어렸을 때부터 아무것도 하고 싶은 것이 없는 중생이 있었습니다. 공부를 잘하는 아이라는 말은 들었지만 스스로 재미있게 공부한 적이 없었고, 지식에 대해서도 통 무관심했습니다. 칭찬을 받은 일에서도 좀처럼 고무되지 못했습니다. 도무지 마음에 와 닿는 것이라곤 없었습니다. 철이 든 이후에도 타인의 요구에 의한 관계 맺기 외에는 사람들과도 세상사와도 언제나 동떨어져 있었습니다. 그 증세는 점점 깊어졌습니다. 그렇다고 스스로 목숨을 끊고 싶은 마음은 추호도 없었습니다. 학교는 자퇴를 하였고, 몇 번인가 직업을 바꾸었으며, 친구들과의 만남도 취미 생활도 지속하지 못했습니다. 결혼도 미래도 성공도, 심지어는 자신의 하찮음에 대한 타인의 멸시조차도 멀고 먼 남의

일만 같았습니다. 성현들은 욕망과 집착을 경계하라고 충고했지만 욕망은커녕 이 세상에서 도무지 마음 붙이고 살만한 것이 없어 병이 날 지경이었습니다.

드디어 스물여섯 살의 봄, 중생은 더 이상 견딜 수 없을 것 같은 위기감에 스스로 길을 찾아 나설 결심을 했고, 그 첫 번째 두드려 보기로 한 문이 바로 불교였습니다. 그 정도 심오한 깊이라면 한번 빠져서 일생을 허우적거려 볼만할 것 같다는, 얄팍한 겉짐작으로 중생이 선택한 문은 바로 지리산 대원사였습니다. 절집으로 가는 길은 멀고도 가까웠습니다. 길고 긴 숙고의 시간을 가졌음에도 아무것에도 마음 붙이지 못하는 자신의 병을 잘 알고 있었기에 중생의 걸음은 몹시 불안

● 깊고 고즈넉한 대원사 가는 길입니다.

했습니다. 그 길을 끝까지 걸어낼 수 있을지, 스스로 새기고 또 새겨 봤지만 그래도 시간이 더 필요했습니다. 마지막 기착지인 진주에서 다시 하룻밤을 보냈습니다.

낯선 여관에서 뜬눈으로 밤을 새우고 또 한 번의 비장한 출발을 했습니다. 하지만 지리산이 올려다 보이는 평촌리 종점에서 도로 버스에 올라타고 말았습니다. 무언가, 그 길을 가기에는 부적합한 것이 너무도 여실하게 느껴져 도저히 걸음이 떨어지지 않는 것이었습니다. 그렇게 진주에서 평촌리까지 왔다 갔다 하기를 세 번, 말 그대로 삼고초려의 시간을 보낸 다음 드디어 삼일째 되던 날, 용기백배하여 발걸음도 경쾌하게 절집으로 올라갔습니다. 그 사이 머리는 거의 스님처럼 짧게 잘라 버렸고, 마음도 털고 닦아 이제는 유리알처럼 맑고 새털처럼 가벼워져 있었습니다. 이미 '절반의 스님'은 돼 있는 것 같은 느낌이 들 정도로. 마지막 난코스인, 평촌리에서 유평리의 절집까지 올라가는 산길 중간쯤에서는 중생의 입에서 저절로 자축의 노래가 흘러나왔습니다. 산벚꽃 이파리들이 난분분 흩날리고 있는 숲길은 깊고 고즈넉했습니다. 이런 자연 속에서 대자유인으로 산다는 것의 의미가 심장하였고, 이미 새로운 길에 들어섰다는 확신이 들었습니다. 난생처음 가고 싶은 길을 선택하여 그 첫발을 내딛고 있다는 자긍심, 그리고 그 미답의 항해에 대한 알지 못할 기대감에 중생은 가슴이 둥둥, 한없이 설레었습니다.

한나절을 기다린 끝에 드디어 주지 스님과 마주앉았습니다.

"머리를 왜 그렇게 잘랐느냐?"

큰스님의 첫 질문에 중생은 조금 어이가 없었습니다.

"실연을 당했느냐?"

두 번째 질문에는 조금 화가 났습니다. 그래 퉁명스럽게 머리를 자른
이유와 실연을 당하지 않은 사실을 아주 간략하게 설명했습니다.

"실연도 안 했는데 그럼 왜 중이 되려고 하느냐?"

전혀 예상치 못한 스님의 세 번째 질문에서는 크게 실망하고 말았습
니다. 하지만 중생은 인내심을 가지고 정직하게 대답했습니다. 아무
것도 하고 싶은 게 없어서라고, 속세의 것에서는 아무런 재미를 못 느
껴서 그런다고……. 그러자 스님은 숫제 야단을 치는 어조로 결론을
내렸습니다.

"실연도 안 했는데 왜 재미를 못 느끼는 거냐? 너 실연한 거 맞지?"

순간 중생은 입을 다물어 버렸습니다.

'이건 아니다, 이런 시시한 문답이나 하자고 그렇게 긴 시간을 숙고
하고 또 고뇌하였더란 말인가……. 인물을 몰라봐도 유만부동이지,

무슨 스님이 이렇게도 사람됨을 몰라본단 말인가. 멋진 선문답으로 맞받아칠 준비까지 해 온 이 비상한 사람한테……'

당돌한 침묵이 길어지자 스님은 마지막 일침을 놓으며 일어섭니다.

"그럼 집에 가서 돈이나 넉넉히 받아서 다시 와. 돈 없으면 출가를 해도 지 하고 싶은 대로 공부도 못 하거든."

중생은 그 길로 일어섰습니다. 큰스님에게 절도 올리지 않고 말입니다. 산을 올라올 때와는 달리 내려가는 길에는 조금의 망설임도 없었습니다. 대원사 일주문에서 평촌리까지의 길을 뛰어 내려오는 동안 단 한 번도 뒤돌아보지 않았습니다. 출가수행자의 길은 내 것이 아님이 확연해졌기에 중생의 마음은 오히려 홀가분했습니다.

바로 저의 이야기입니다.

대웅전 오른쪽에 멋지게 뻗틀어져 있는 배롱나무는 여전히 청정하고 아름다웠습니다.

그로부터 15년쯤 뒤, 세속의 진흙탕 길을 에둘러 걸어온 다음에야 저는 겨우 불교와 인연을 맺었습니다. 그나마 아직도 구업 짓기를 못 면한 하근기의 중생이었습니다. 이후 십몇 년째 부처님 밥을 얻어먹으면서 그렁저렁 불법에 청맹과니를 면하고 나서야 비로소 저는 그 옛날 대원사 주지 법일 큰스님의 우문愚問이 무슨 연유로 비롯되었던 것인지를 깨우쳤습니다. 업장도 깊은 중생이 언감생심 출가수행을 꿈꾸다니……, 오만하고 어리석은 철부지의 미몽을 큰스님은 그렇게 깨부쉈던 것이고, 불법과의 인연이 좀 모자란 중생은 당연히 그것을 뛰어넘을 수가 없었던 것입니다.

그런 개인사를 묻어 놓은 대원사를 다시 찾았습니다. 이런 인연 되려고 그때 그 일이 있었으려니 싶으니 가슴마저 설렙니다. 그날 법일 큰

스님의 부름을 기다리는 동안 조심스레 기웃거려 본 절집의 후원 풍경이 상기도 선연합니다. 그리 간단히 내쳐지리라곤 짐작도 못하고, 이제부터 집으로 삼고 살아야 할 곳이니 남는 시간에 후원 사정이라도 미리 파악해 두면 앞으로 적응해 나가는 데 도움이 되지 않을까 하는 알량한 깜냥으로, 마치 당장 출가자라도 된 듯 눈썰미를 돋우고 묵언 스님들에게 질문까지 해댔으니…… 절로 웃음이 나옵니다.

서른 해 가까이 꿍쳐두었음에도 산길 초입에 들어서자 그날 오가며 스쳤던 기억들이 오롯이 되살아납니다. 산모롱이 굽이져 돌아가던 흙길은 그새 매끈한 포장도로로 바뀌었고, 징검돌 몇 개 놓여 있던 다릿거리는 번듯한 콘크리트 구조물로 바뀌었습니다. 하지만 지리산 절경 중의 하나로 꼽히는 대원사 계곡의 수려한 경개는 변하지 않았

● 대원사 학인 스님들이 직접 농사지은 들깨를
햇볕에 말리는 작업을 하고 있습니다.

습니다. 모롱이마다 쉬면서 새겨보았던 나무들도 그대로인 듯합니

다. 아니 더욱 청청한 거목들이 되어 나이 들어 오히려 더 작아진 이

중생을 부끄럽게 만듭니다. 제 갈 길도 못 찾고 기웃거리던 서른 해

전 그날의 부끄러움과는 또 다른.

절 대문 앞에 푯대처럼 버티고 서 있던 곧은 잣나무와도 그립던 인사

를 나누고, 드디어 봉상루 안으로 들어섭니다. 대웅전 오른쪽에 멋지

게 배틀어져 있는 배롱나무는 여전히 아름답습니다. 그런데 조촐하고

단아하던 경내는 그새 크게 확장되고 현대화된 단아함으로 싹 바뀌어

있습니다. 스님들에게서도 조용하고 근엄하던 옛 스님들과는 다른,

발랄하고 개성 톡톡 튀는 신세대 느낌이 납니다. 하기야 법일 큰스님

적멸에 드신 지가 언젠데…… . 허면 공양간은 어떻게 변했을까, 급한

마음에 원주 스님께 간략히 인사만 챙기고 공양간부터 찾았습니다.

다행스럽게도 공양간은 옛날 그 자리에 그대로 있었습니다. 속사정이 크게 변하지도 않았습니다. 용구들 중 절반 정도는 닳은 대로 옛물건을 그대로 쓰고 있기까지 했습니다. 서른 해 전에 보았던 두 개의 가마솥 중 큰 솥은 밖으로 옮겨갔지만 이쪽 편의 가마솥은 시방 물을 데우는지 아궁이에 솔가지가 활활 타고 있습니다. 당우를 지을 때 이미 그렇게 만들어 놓은 듯한, 드높은 지붕 칸을 효율적으로 나누어 식재료를 보관할 수 있게 만들어 놓은, 대원사 공양간의 오래된 이층 벽장과 찬장의 손때 반질반질한 문살들도 창연한 그 고색이 온전히 남아있습니다. 부뚜막의 가스레인지와 아궁이 속 솔가지를 용도에 따라 나누어 쓰고, 압력밥솥과 무쇠가마솥도 때에 따라 나누어 쓰고 있

● 가히 문화재 감으로 유명한 대원사 장독대입니다.

음이 역력합니다. 개수대를 높이고 수도를 안으로 들였지만 공양간 정문은 삐걱거리는 옛 조왕 문을 그대로 사용하고 있고, 별채의 채공간으로 통하는 샛문은 새로 달았습니다. 산왕각 앞에 즐비한, 그 유명한 대원사 장독대는 가히 문화재 감에 이를 정도입니다. 독마다 익어가고 있는 장맛은 또 어떻고……

대원사 공양간은 옛 정취를 잃지 않았습니다. 그 옛날 혼자 속으로 감탄하며 보았던, 맵짠 비구니 스님들의 야무진 살림 솜씨가 상기도 구석마다 반짝반짝 빛을 발하고 있습니다. 물론 지금 중생도 속으로 감탄사 연발입니다.

오전 10시가 가까워 오자 소임 스님들은 법당과 조왕단에 사시마지 올릴 준비를 모두 끝냈습니다. 옛날 그 공양간에 배어 있는 오롯한 가풍대로 손길은 정성을 다하고 입은 묵언입니다. 공양을 짓고 퍼 담아 나르는 과정에 어떤 산만한 소리도 없이 조용조용 움직이는 양은 예나 다름이 없는데 신세대 스님은 사시마지에 보라색 엉겅퀴 꽃 한 송이를 살짝 곁들여 올리는 변화된 예법을 시도합니다. 신세대다운 발상이 속인의 눈에도 귀엽고 신선한데 불보살인들 어찌 어여삐 보지 않을까요.

사시마지를 올리고 나서 본격적인 점심공양 짓기에 들어갑니다. 세간에서는 보기 드문 알루미늄 이남박에 60명분의 공양미를 정확하게 재어 담더니 눈처럼 희게 씻어 헹굽니다. 선방에서 안거 중인 스님 50

● 공양미를 정성껏 져 나르고 있는 대원사 신도들입니다.

명과 참배객으로 와 있는 속인 10명의 점심공양인데 그 과정도 두 소임 스님이 철저히 나누어서 한 스님은 쌀을 씻고 한 스님은 밥을 안치는 식입니다. 쌀을 씻던 스님이 마지막으로 바닥에 떨어진 싸래기 몇 낟까지 주워서는 깨끗한 물에 씻어 밥솥에 넣어주자 기다리고 있던 소임 스님은 비로소 밥물을 맞추고 불을 조절합니다.

10시 15분, 마지 올렸던 법기들을 닦아 다시 제자리에 보관하는 일을 끝내자 기다렸다는 듯 밥이 끓기 시작합니다. 그에 맞추어 스님들은 다음 작업으로 들어갔습니다. 미리 씻어서 저장해 두고 조금씩 덜어 공양에 섞어 쓰는 차조를 갈무리하는 일입니다. 그 일은 두 스님이 손을 맞추어 합니다. 조는 워낙 무게가 없다 보니 웬만큼 물에 젖어도 가라앉지 않고 둥둥 떠 있어 자칫하다가는 많은 양이 그대로 물에 쓸

려나가 버립니다. 그것을 막기 위해 조 씻기는 항상 두 스님이 손길을 맞춰서 한다고 합니다. 밥을 뜸 들이는 20분 동안 이 작업을 하는데 얼마나 조심스럽게 손길을 가다듬고 임하는지, 지켜보는 중생의 마음까지 다 경건해질 정도입니다. 정말이지 스님들은 그 작은 좁쌀을 단 한 알갱이도 흘려보내지 않고서 일을 마무리했습니다.

그렇게 공양이 준비되는 동안 별채의 공양실 옆에 따로 마련된 채공간에서는 채공 소임 스님들이 만드는 반찬 준비가 착착 진행되고 있었습니다. 오늘 점심은 채공 소임 스님들이 솜씨를 발휘한 즉석 김밥이랍니다. 오늘이 바로 한 달에 한두 번 있는 대원사 스님들의 특별식 날이라고 합니다.

산사의 즉석 김밥이란, 기름하게 자른 단무지, 우엉, 오이, 당근, 느타

● 오늘은 한 달에 한두 번 있는 특별식 날,
스님들이 산사의 즉석 김밥을 준비하고 있습니다.

리 볶음으로 오색을 맞춘 채소류에 고소한 콩고기를 곁들여 만든 김
밥의 속재료와 살짝 구워 기름하게 자른 김과 밥, 고추냉이 양념장 등
의 겉재료를 따로따로 밥상에 올려놓고, 먹는 사람이 즉석에서 직접
그 재료들을 취합해서 싸 먹도록 차려내는 김밥입니다. 최근 들어 절
집에서 유행하는 별식으로 신세대 스님들에 의해 만들어졌음 직한
'신식 공양'이라고나 할까요. 색깔만으로도 벌써 군침이 돌고, 고소
한 콩고기에 직접 손으로 돌돌 말아먹는 재미가 구미를 돋워 벌써부
터 새로운 승소식단僧笑食單이 된 모양입니다. 승소僧笑란 '스님들이
너무 좋아해서 이 음식만 나오면 웃음을 참지 못 한다'는 별미 음식
들을 말하는데 옛날엔 주로 국수를 승소라 불렀습니다.

12시 49분, 공양주 스님이 공양 목탁을 두드리자 정확하게 일 분 뒤

에 저 위쪽 선원에 있던 스님들까지 오십여 명의 스님들이 공양실 입실을 끝내고 조용히 공양을 시작합니다. 그 정경이 너무 고요해서 스님들이 정말로 웃었는지는 알아보지 못했지만 천년 고찰에서 만든 '최신 승소'를 직접 먹어보니 속인도 웃음이 절로 나는 별미 중의 별미입니다. 한 쌈 두 쌈 싸 먹다 보니 어느새 과식을 하게 만드는 밥도둑이기도 하고요. 그런데 불청 염탐꾼을 위해 채공 소임 스님은 저장 밑반찬까지 맛을 보라며 몇 가지를 더 내옵니다. 배가 부른데도 맛을 보니 반찬들이 모두 맛깔스러워 일일이 그 만드는 법을 캐묻지 않을 수가 없었습니다.

선원을 둔 비구니 사찰에선 스님들이 수행의 한 방편으로 공양간 살림을 직접 꾸리고 있어 여간해서는 속인들에게 문을 열어주지도 않습니다. 아니 그러기 전에 스님들의 수행 공간을 속인이 기웃거리고

● '스님들이 너무 좋아해서 이 음식만 나오면
웃음을 참지 못 한다'는 최신 승소식단
'산사의 즉석 김밥'입니다.

다녀야 될 이유도 자격도 없습니다. 그러함에도 오늘 기대 이상의 큰

환대를 받았습니다. 아무래도 대원사와 맺었던 옛 인연 덕을 톡톡히

본 것 같습니다.

대원사 채공간에서 소개하는 밑반찬

상추 된장 초절임

재료 • 상추, 된장, 식초, 황설탕, 생강즙

만들기

1 상추는 깨끗이 씻어 물기를 말끔하게 털어 놓는다.

2 된장을 맑게 거른 국물에 식초와 황설탕, 생강즙으로 간을 맞춰 양념장을 만든다.

3 1의 상추를 그릇에 담으면서 사이사이에 2의 양념장을 골고루 끼얹어 바로 먹는다.

도움말 • 예부터 천금을 주고 사 먹어야 될 만큼 맛이 좋은 채소라고 해서 '천금채' 라고 불렀던 상추는 잎이 연하고 맛이 고소해 주로 쌈으로 많이 먹었습니다. 절임으로 먹을 때에는 주로 고추장 초절임을 해서 먹는데 된장 초절임으로 먹어도 별미입니다. 된장의 고소함이 상추의 고소한 맛과 잘 어울리고 맛이 순해 많이 먹어도 물리지가 않습니다.

초피잎 장아찌

재료 • 어린 초피잎, 국간장, 진간장, 물엿, 통깨

만들기

1 초피 잎은 깨끗이 헹구어 물기를 털어내고 그늘에서 말린다.

2 국간장과 진간장을 같은 비율로 섞은 다음 물엿과 통깨를 넣고 짜지 않은 양념장을 만든다.

3 1에 2의 양념장을 넣고 간이 깊이 배이도록 한참동안 조물거려 잘 무친 다음 그릇에 꼭꼭 눌러 담아 냉장 보관해 두고 사철 먹는다.

도움말 • 초피는 맛과 향, 생김이 산초와 비슷한 토종 향초로 경상도에서는 '제피' 라고 부릅니다. 어린잎과 익은 열매 모두 식용과 약용으로 쓰는데 초피의 약성은 피를 맑게 하고, 특히 체온 조절과 구충, 진통에 좋은 효능이 있습니다.

재료 • 어린 머위, 국간장, 진간장, 물엿

만들기

1 머위는 줄기째 깨끗이 씻어 물기를 없애고 차곡차곡 묶음을 만든다.

2 같은 비율의 국간장과 진간장에 물엿을 넣고 짜지 않게 간을 맞춰 머위 묶음이 잠길 정도의 양으로 양념장을 만든다.

3 **2**를 10분 정도 끓여 식혀 놓는다.

4 유리병이나 단지에 **1**의 머위 묶음을 차곡차곡 담고 **3**의 양념장을 붓는다.

5 머위 잎이 떠오르지 않도록 꼬챙이 등으로 위를 잘 눌러 준 다음 한지나 천으로 입구를 봉하여 서늘한 곳에 둔다.

6 같은 방법으로 3일 간격 3회 정도 양념장 끓여 붓기를 해 준 다음 냉장 보관해 두고 먹는다.

도움말 • 머위는 쓴맛이 강한 약성 산야초로 알려져 있지만 봄에 갓 돋아난 어린잎은 맛이 쓰지 않습니다. 이 어린 머위를 줄기째 채취해서 장아찌를 담가 놓으면 사철 머위 향을 즐길 수 있습니다.

머위 장아찌

지상에서
가장 겸허하고
청빈한 식사

● 백제 성왕7년(529)에 창건된 선암사 대웅전

도량석이 끝나는 새벽 3시 15분, 선암사 공양간에 불이 환하게
켜졌습니다. 이어 네댓 명의 행자승이 열을 지어 총총 어둠 속에서 나
타나더니 문 앞에서 합장배례하고 안으로 들어가 다시 조왕단 앞에
합장배례를 갖춘 다음 각자의 맡은 일을 시작합니다.

불때기 소임자는 한뎃부엌의 아궁이에 장작불을 지펴 물을 데우고,
공양 소임자는 밥을 안치고, 채공 소임자들은 찌개와 국과 찬류별로
다시 나뉘어 각자 소관의 밑준비에 임합니다. 모든 동작들이 고요하
기 그지없는 정적靜的 움직임입니다.

공양 소임자가 쌀을 씻으려고 데워진 물 한 통을 퍼 가면 불때기 소임

자는 그 즉시 새 물 한 통을 길어다 붓고서 다시 불길을 돋우고, 공양 소임자가 받아놓은 쌀뜨물은 어느새 다가온 국 소임자가 국솥으로 옮겨갑니다. 아직 어느 누구의 입에서도 헛기침 소리 한 번 새나오지 않습니다. 공양간 안을 감돌고 있는 건 대웅전에서 들려오는 대중 스님들의 장엄한 새벽예불 소리뿐.

● 예를갖추는 움직임 외엔 아무 소리도 들리지 않는 발우 공양이 고요히 진행되고 있습니다.

3시 30분경, 이 절집의 유일한 불목하니인 채공 보살이 들어와 찌개와 반찬류의 조리를 도와주며 노스님들을 위한 죽을 쑤기 시작합니다.

콩나물 무침, 머위 무침, 무와 두부조림, 된장국, 단무지와 김치 그리고 밥과 버섯죽. 어제 저녁공양과 별다를 것이 없고, 내일 아침공양과도 별다를 것이 없는, 평범하고 여여한 선암사의 오늘 아침 식단이 말없음 속에 차근차근 준비되고 있습니다.

4시 30분경, 음식 준비가 얼추 마무리되었습니다. 그때쯤 그릇 소임자와 설거지 소임자 네댓 명이 예불을 마치고 총총히 들어와 작업대 위를 젖은 행주로 감싸기 시작합니다. 그릇을 다룰 때 행여 부주의로 생길 수 있는 작은 소리를 막기 위해서입니다. 이때부터 공양간 소

● 설거지 거리 하나 남지 않은 스님들의 발우가 차곡차곡 놓여 있습니다.

임 행자 열 명과 한 명의 재가 소임자는 손과 발을 마치 한 사람의 것
인 양 움직이며 일사불란 음식들을 담아 앞 선반으로 내갑니다.

5시 정각, 선암사의 대중 스님 여든 두 명과 객사에 든 재가 신도 여
남은 명을 합한 일백여 명의 아침공양 준비가 모두 끝났습니다.
잠깐의 기다림 끝에 공양간의 불이 꺼집니다. 동시에 바로 앞의 공양
실에 불이 켜지고, 때를 맞춰 대중 스님들이 열을 지어 공양실로 들어
와 정좌하기 시작합니다. 최고 어른이신 종정 스님과 신참 학인 스님
이 아무런 차별 없이 법도대로 마주보며 자리를 잡습니다.

5시 30분, 죽비 소리와 함께 대중 스님들의 발우 공양이 시작됐습니
다. 각자의 발우를 펴고, 밥과 국을 나누어 담고, 그 과정에서 찬상^{饌床}

● 선암사의 장맛에는 매화 향이 더해져 있습니다.

을 들이고 물릴 때마다 예를 갖추는 움직임들이 이어지지만 여전히 소리는 없습니다. 다시 죽비 소리 울리자 공양발원문이 시작됩니다.

"한 방울의 물에도 천지의 은혜가 스미어 있고, 한 알의 곡식에도 만인의 노고가 담겨 있습니다. 이 음식으로 주림을 달래고, 몸과 마음을 바로하여 사회 대중을 위하여 봉사하겠습니다. 나무 마하 반야바라밀 이르는 곳마다 부처님 도량이 되어 마음을 닦아 다 같이 불도를 이룹시다."

그뿐, 다시 죽비 소리 울리고 대중 스님들의 공양이 시작됐습니다. 김치 씹는 소리조차 사분거림으로 들리는 듯 마는 듯, 지상에서 가장 겸허하고 청빈한 식사는 그렇듯 고요히 진행됐습니다.

방금 정주문 앞에서 벙글대로 벙근 선암홍매 아리따운 꽃잎 열리는

소리가 하마 들려오는 듯하고, 그 진한 향내가 오히려 음식 냄새를 압도해 버린 듯 바로 눈앞의 식사임에도 소리와 냄새의 기미가 도무지 잡혀 들지 않습니다. 이윽고 설거지 거리 하나 남아 있지 않은 스님들의 공양이 끝났습니다. 지켜보는 속인의 고개가 절로 수그러듭니다.

다시 공양간의 불이 켜졌습니다. 그때까지 바라지를 위해 어둠 속에 지켜 섰던 소임 행자들이 소리 없이 움직이더니 어느결에 객사의 재가자들을 위한 아침공양을 차려내고는, 그 속에 자신들도 섞여 앉습니다. 몫으로 건네주는 밥공기를 두 손으로 감싸 쥐고 따라 앉으니 새삼 먹고사는 일의 거룩함이 뼛골까지 되새겨집니다. 밥 알갱이 하나에도 만인의 노고가 담겨 있는 것을……. 그런데 문득 매화 향기가 코끝을 스쳐갑니다. 소박하고 거룩한 그 밥상 앞에서 진짜 매화 향을 맡았습니다. 정말입니다. 공양간 밖도 안도 선암사는 지금 눈물겨운 매화의 계절, 그 짙은 향내가 밥상마저 에워 쌌습니다. 어느 시인의 말마따나 너무 짙고 아름다워서 오히려 눈물 겨운 선암홍매의 향기가 슴슴하고 담박한 반찬 맛을 압도해 버린 것 입니다.

● 비사리 구시는 옛날 사찰에서 신도들을 위해 지은 밥을 담아 두던 나무통입니다. 선암사의 옛 규모를 가히 짐작해 볼 수 있습니다.

● 너무 짙고 아름다워서 오히려 눈물겨운 매화의 계절, 운수암 가는 길도 매화 향이 에워싸고 있습니다.

아침공양 후 선암사에서 오 분여 거리에 있는 운수암을 찾았습니다. 운수암은 선암사의 산내 암자로 특히 밑반찬 갈무리 솜씨가 승속 망라하여 빼어난 곳으로 소문이 자자합니다. 손끝 야무진 주지 스님이 앞장서 가난한 절집의 살림에 보탬이 되는 가풍을 이끌어냈기 때문입니다.

청국장을 비롯, 매실과 무말랭이, 깻잎, 산더덕, 청고추 등 모든 밑반찬의 재료는 운수암 비구니 스님들이 울력으로 직접 농사를 지어 마련하며, 다듬고 조리하고 갈무리하는 일체를 수행의 과정으로서 청정심을 다하기 때문에 맛이 정갈하고 영양이 온전하여 가히 믿을 만합니다. 그 소문이 입에서 입으로 퍼져 이제는 매스컴들이 다투어 소

● 선암사 매실들은 해마다 운수암에서 수확을 맡아 장아찌를 만듭니다.

● 운수암의 '명품 장아찌들'입니다.

개하기에 이르렀고, 덕분에 몇 개의 장독들은 담그기가 무섭게 금세 동나고 맙니다. 특히 매실 장아찌는 큰절의 스님 밥상에 올릴 것조차 챙겨 두지 못할 정도로 인기가 높습니다.

이맘때의 선암사를 온통 꽃으로 장엄해 놓는 선암사의 매화는 모두가 삼사백 년 이상의 수령을 자랑하는 국보급 고목들입니다. 이 귀한 매실들을 해마다 운수암에서 수확을 맡아 장아찌를 만들어 왔는데, 그 부드럽고 깊은맛이 입에서 입으로 퍼져나가 이제는 구하기조차 어려운 '명품 장아찌' 가 되었습니다.

선암사 산내 암자에서 소개하는 밑반찬

무말랭이 장아찌

재료 • 무말랭이, 국간장, 진간장, 맛국물, 물엿, 양파, 찹쌀가루, 고춧가루, 표고가루

    (＊맛국물 재료: 표고버섯, 다시마, 무, 양파)

만들기

1 생수에 표고, 다시마, 무, 양파를 적당량 넣고 20분 정도 끓여 맛국물을 만든 다음 충분히 식혀 둔다.

2 무말랭이는 따뜻한 물에 10분쯤 담가두었다가 물기를 꼭 짠다.

3 국간장, 진간장, 맛국물을 1:1:1로 섞되 무말랭이가 자작하게 잠길 만큼의 양을 만든다.

4 **2**와 **3**에 적당량의 물엿과 양파를 갈아 넣고 간을 본 다음 잘 버무려 하룻밤 재워 둔다.

5 찹쌀가루로 되직하게 죽을 쑤어 한숨 식혀 **4**에 넣고 잘 치댄 후 마지막으로 고춧가루와 표고가루를 넣고 조물조물 무치면 장아찌가 완성된다. 이것을 바로 먹거나 냉장 보관해 두고 먹는다.

도움말 • 무말랭이는 가을 김장 무 중에서 맛이 좋은 것으로 골라 채를 좀 굵다 싶게 썰어 햇볕에다 말리는 것이 중요합니다. 무말랭이가 가늘면 물에 불렸을 때 쉽게 풀어져 맛과 모양을 모두 잃게 되고, 또 햇볕에다 말려야만 무말랭이 특유의 영양소가 배가 되기 때문입니다. 무청 속잎과 늦가을 고춧잎도 같은 방법으로 말려 조금씩 섞으면 무말랭이 장아찌의 맛이 훨씬 깊어집니다.

매실 장아찌

재료 • 청매실, 굵은 소금, 황설탕

만들기

1 유월의 청매실을 깨끗이 다듬어 반으로 갈라 씨를 뺀다.

2 씨를 뺀 매실을 크기에 따라 2~3등분으로 자른 다음 굵은 소금을 (김장 배추 절이는 정도의 양으로) 뿌려 하루 정도 그대로 둔다.

3 간이 밴 매실을 건져 물기를 뺀 다음 황설탕을 1:1의 비율로 넣고 고루 버무려 유리병이나 오지항아리에 꼭꼭 눌러 담는다.

4 용기의 입구를 한지나 천으로 잘 봉한 다음 뚜껑을 닫고 서늘한 곳에서 3년 이상 숙성시킨다.

5 3년 정도 지나면 그대로 보관하면서 필요한 양만 건져내어 양념에 버무려 먹으면 되는데, 간장에 버무리면 간장 매실 장아찌, 고추장에 버무리면 고추장 매실 장아찌가 된다.

도움말 • 매실은 약성도 뛰어나고 풍미도 좋지만 강한 신맛 때문에 꺼리는 사람이 많습니다. 하지만 황설탕에 재워 3년 이상 숙성시키면 신맛이 훨씬 줄어들 뿐 아니라 매실 특유의 향과 아작거리는 맛은 더 좋아집니다.

재료 • 깻잎, 진간장, 배, 양파, 고춧가루, 통깨, 굵은 소금

만들기

1 깨끗이 손질한 깻잎을 적당량씩 묶음을 만들어 오지항아리에 차곡차곡 담고, 켜켜로 소금을 뿌려 그대로 보관해 두고 삭힌다. 이렇게 해 두면 소금의 양에 따라 장기간 보관도 가능하다.

2 삭힌 기간에 상관없이 필요할 때마다 적당량을 꺼내어 생수에 담가 짠맛을 우려낸 다음 깨끗이 헹구어 물기를 꼭 짠다.

3 진간장에 배와 양파를 갈아 넣고 고춧가루, 통깨와 함께 버무려 슴슴한 양념장을 만든다.

4 **2**의 깻잎을 두세 장씩 펴 놓고 **3**의 양념장을 골고루 묻혀 바로 먹는다.

도움말 • 양념장의 단맛은 배와 양파의 단맛으로 충분하므로 설탕과 같은 감미료를 따로 넣을 필요가 없습니다.

깻잎 장아찌

지상에서 가장 겸허하고 청빈한 식사 ……

더덕 양념구이

재료 • 더덕, 고추장, 간장, 간 양파, 표고가루, 고춧가루, 물엿, 맛국물, 통깨

만들기

1 적당량의 맛국물(표고, 다시마, 무, 양파를 끓여 만든 국물)에 고추장, 간장, 간 양파, 표고가루, 고춧가루, 물엿을 (입맛에 따라) 적당량씩 섞어 짜지 않은 양념장을 만든다.

2 구이용으로 적당한 굵기의 더덕을 골라 깨끗이 씻은 다음 물기를 닦고 껍질을 벗겨 칼등으로 얇게 두드려 준다.

3 두드린 더덕에 2의 양념장을 골고루 발라 준 다음 참기름을 두른 팬에 살짝 구워낸다.

4 위에 통깨를 뿌리고 식기 전에 먹는다.

도움말 • 좀 번거롭더라도 더덕은 껍질을 벗기지 않은 것을 구입해서 조리하기 직전에 껍질을 벗겨 바로 구워내면 특유의 향과 맛이 살아 있고 영양 손실도 적습니다.

재료 • 어린 취나물, 된장.

만들기

1 끓는 물에 취나물을 넣고 아주 살짝 데쳐 찬물에 한 번만 헹군다.

2 물기를 꼭 짠 다음 아무 양념 없이 생된장으로만 조물조물 무친다.

3 무친 취나물을 프라이팬에 옮겨 기름 없이 슬쩍 덖어낸다.

도움말 • '덖는다'는 것은 볶는 것과는 달리 재료를 완전히 익히지는 않고 불기운이 천천히 스며들게 해서 원재료의 맛과 향을 최대한 살려내는 사찰의 오래된 조리법입니다. 어린 취나물과 같이 잎이 연하면서 향이 좋은 산나물을 이렇게 조리하면 생으로 먹을 때와는 또 다른 풍미를 즐길 수 있고, 영양소 파괴도 줄일 수 있습니다.

취나물 덖음

"신선한 재료로
담박하게 만드니
얼매나 좋으니껴"

이름도 정겨운 점촌, 소낙비 내리는 저녁 풍경 속을 달려 절집에 닿으니 아직 공양간이 환합니다. 우란분절의 공양간 풍경을 담아보려고 무려 열다섯 군데의 절집 문을 두드린 끝에 얻어낸 귀한 '초대장' 이었습니다. 하긴 종교적 행사이자 우리 효 사상의 근간을 이루어 온 조상 섬김의 의례에 감히 카메라를 들이댄다는 게 어디 가당키나 한 일이겠습니까. 더군다나 기백, 기천 명의 대중이 참례하는 대단 봉축법회임에랴!

그래 하루 전날부터 분위기를 익혀 놓으려고 부랴부랴 절집으로 달려왔지만 마음은 영 가시방석입니다. 조심스레 쭈뼛거리고 있는데 후덕해 뵈는 공양주 보살님이 선뜻 안내를 맡고 나섭니다. 덕성 좋은 얼굴에 눈치까지 빠르니 공양간 꾸려나가는 살림솜씨야 안 봐도 알 것 같습니다.

● 문을 여니 꽃이 핀 배롱나무로 온 산사가 환합니다.

묵힌 강된장에 잘 익은 열무김치를 넣고 비빈 저녁공양은 우란분절을 맞아 경향 각지에서 찾아온 노보살님들의 칭송으로 맛깔이 더해집니다. 그 인심 때문인지, 공양을 끝낸 신도들이 너도나도 팔을 걷어붙이고 설거지를 돕는 사이 공양주는 소리 소문 없이 내일 쓸 식재료들을 점검하고 있습니다.

조상 고혼의 영단에 올릴 다섯 가지 나물과 다섯 가지 전의 재료, 그리고 다섯 가지 과일은 이미 깨끗하게 다듬어 냉장고에 고이 보관이 돼 있고, 법회에 참례할 신도들을 위한 점심공양 재료도 함지박마다 그득히 준비돼 있습니다. 딱 한 가지, 초록색 전의 재료만 빠졌는데 그건

김룡사의 드넓은 경내에 지천으로 자라고 있는 컴프리 잎을 쓸 것이라 내일 아침에 따기만 하면 된다며 여유로운 마무리를 짓습니다.

그러고도 아직 인심이 남은 공양주는 장독대며 저장고며, 시절마다 마련해서 갈무리해 두고 있는 절집의 사철 밑반찬들을 꺼내 보여줍니다. 된장, 간장, 고추장에 무말랭이, 취나물, 다래순, 풋고추와 깻잎 등등 절집의 갈무리 반찬이야 대개 비슷한 종류들이지만 그중에서도 만든 이의 손맛이 자르르 배어 있는 무장아찌와 때깔 고운 참죽나물

● 이름도 정겨운 점촌, 유유자적 빗방울이 흩뿌리고 있습니다.

장아찌가 단연 군침을 돋게 합니다.

승속을 막론하고 대체로 남에게 보여주기 꺼리는 부엌살림의 속사정을 참 시원시원하게도 열어 보인 공양주는 마지막으로 방앗간에 주문한 떡에 대해 전화 단속을 한 다음 유유자적 빗방울 흩뿌리는 어둑 산길을 더듬어 사하촌 집으로 내려갑니다. 하지만 타성 젖은 속인의 눈엔 유서 깊은 대찰의 우란분절 준비가 이리도 조촐하고 간단하게 마무리되는 것이 못내 미심쩍습니다. 속내를 꿰뚫어 보았는지, 저만치 내려가던 공양주가 빙긋이 답을 줍니다.

"음식 가짓수가 뭐가 그리 중요하겠니껴? 영단에 올리는 음식이야 정성으로 하는 것이고, 절집 잔치는 맛을 즐기는 게 아니라 참석한 사람들이 모두 고르게 나눠 먹을 수 있도록 양을 맞추는

우란분절 큰 잔치날임에도 절집은 고요하기 그지없습니다. 모든 음식 재료는 절집 부근에서 구한 신선한 채소들입니다.

것이 더 중요하다꼬, 법당에서건 공양간에서건 특별히 격식 같은 거 따지지 않으시는 우리 큰스님 가풍이 그렇니더. 그래서 우리 절엔 무슨 날이라꼬 따로 신경 써서 만드는 공양 같은 거 없니더. 재료도 그렇고 맛과 모양도 그렇고, 메뉴라야 천날만날 거기서 거기니까 맨드는 사람도 먹는 사람도 마음이 편안하고, 그래서 때때마다 더 정성을 쏟고 그렇니더.”

우란분절의 아침이 밝았습니다. 스님네와 신도들이 모두 한방에서 간단한 공양을 끝낸 시각은 오전 8시, 잠시 휴식을 취한 공양주의 손길이 다시 바빠집니다. 그렇다고 별다른 부산스러움이 있는 것은 아닙니다. 나이 드신 신도 두 분이 자원하여 손길을 맞추느라 질문들이 많아지고, 법회 시간에 대느라 아침을 거르고 온 신도들이 끊임없이 들락거리며 공양을 찾고 있었지만 공양주의 손놀림엔 어떤 어긋남도

없습니다. 수많은 사람이 드나들고 있는 절집에서 정해진 시간 외의 시간까지 공양간 문을 열어놓고 먹을 것을 챙겨주는 경우는 흔치 않은데, 김룡사의 이 넉넉한 공양간 인심은 분명 누군가들이 오래 길들여 놓은 흐름이 분명합니다.

고사리, 도라지, 콩나물, 다래순, 솎음배추. 영단에 올릴 이 다섯 가지 나물이 제일 먼저 무쳐졌습니다. 콩간장과 소금, 깨소금, 참기름이 맛내기 양념의 전부입니다. 두부와 호박, 표고버섯, 감자, 컴프리 잎, 이 다섯 가지 전도 노릇노릇 익어갑니다.

컴프리 잎을 비롯한 모든 재료는 절집 부근에서 구한 채소들입니다. 그 신선한 재료들을 특별한 첨가물 없이 단순한 방법으로 신속하게 조리함으로써 원재료의 맛과 영양을 온전하게 살려내는 것, 이 기본적인 조리법은 불단이나 영단에 올릴 공양이라고 해서 특별히 달라

● 콩나물과 다래순, 호박, 가지, 솎음배추 겉절이는
오늘 점심공양인 비빔밥의 재료들입니다.

질 것이 없습니다. 다소 거친 듯하지만 정갈하고 간소한 이런 음식은,
먹는 이(그가 영가이든 사람이든)와 만드는 이 모두를 분명 편안하고 이
롭게 해 주지 않겠는지요.

오전 10시, 법당에서 우란분재 의식이 시작됐습니다. 이제부터 공양
주는 대중공양 준비를 시작합니다. 원래 이백 명 정도를 예상했는데 날
씨가 궂어 오늘 공양은 조금 줄여도 될 것 같다며 서두르지도 않습니다.
콩나물과 다래순, 호박, 가지 등의 나물에 솎음배추 겉절이를 곁들인
비빔밥, 그리고 두부와 컴프리 잎 부침개가 더해집니다. 절집 마당 어
귀에 지천으로 피어 있는 컴프리 잎을 전으로 부치게 된 건 순전히 공
양주 보살의 아이디어인데, 잎살이 풍성한 데다 보익과 당뇨에 좋은
건강식이라 신도들이 특히 좋아하여 아무리 바쁜 날이라도 빼놓을

수 없다고 합니다.

콩간장에 깨소금으로 마무리한 나물들이 속속 함지박에 담기고, 향긋한 컴프리 잎도 고소하게 익어갑니다. 이백 명 분의 식사가 단 한 사람의 손에 의해 마련되고 있음에도 그 조리 과정이 얼마나 조용하고 익숙한지, 지켜보는 사람도 일을 하는 사람도 모두 여유롭고 편안합니다.

“신선한 재료로 담박하게 만드니 얼매나 간단하고 좋으니껴? 위생사도 영양사도 없고 감사하는 사람도 없지만 절집 공양 먹고 식중독 걸렸다는 사람 본 적 있니껴? 저는 아직까지 본 적이 없니더. 학교 급식이며 잔칫집이며, 걸핏하면 집단 식중독 사건이 뉴스에 단골 메뉴가 돼 버린 세상에 아무리 생각해도 참 신통한 일 아니니껴? 부처님오신날 같은 땐 좀 크다 싶은 절집에선 몇천 명이 대중공양을 하는데도 입때껏 식중독 사건 같은 거가 단 한 번도 없었다는 거, 이거 다들 깊이

● 우란분절의 김룡사 잔칫상은 순하고 정갈하게, 그렇게 차려졌습니다.

생각해 봐야 되는 일 아니겠니껴?"

인심만 후덕한 게 아니라 사찰 음식에 대한 자부심과 식견까지 갖춘

대단한 공양주입니다.

이윽고 봉축법회가 끝나자 사람들은 공양간 샛문 앞으로 긴 행렬을

만듭니다. 이제도 우람찬 전나무 숲길에는 쉴 새 없이 우산 쓴 사람들

이 올라오고 있습니다. 궂은 날씨임에도 조상을 생각하고 나를 돌아

보려는 겸허한 사람들이 저리 많은 것이 놀랍습니다. 문득 순하고 간

소한 절집 공양이 저렇듯 아름다운 심성을 만드는 자양이 되고 있으리란 생각이 듭니다.

부처님오신날 버금가는 봉축날, 우란분절의 김룡사 잔칫상은 그렇게 차려지고 있었습니다.

김룡사 공양주가 추천하는 밑반찬

재료 • 가을무, 진간장, 생강, 풋고추

만들기

1 가을무를 깨끗이 씻은 다음 4등분하여 4시간 정도 소금에 절인다.

2 절인 무를 채반에 받쳐 물기를 없앤 다음 항아리에 차곡차곡 담는다.

3 무가 잠길 만큼의 진간장을 끓여 뜨거울 때 붓고 1주일 정도 담가둔다. 이때 입맛에 따라 황설탕과 생강, 풋고추 등을 첨가하면 되는데 생강과 풋고추는 썰지 말고 통째로 넣도록 한다.

4 일주일 정도 그대로 두었다가 간장을 따라 내 10분 정도 끓인 다음 완전히 식혀서 붓는다.

5 10일 정도 지나면 먹을 수 있는데, 무를 얇게 썰어 갖은 양념에 무치면 더욱 맛이 좋다.

도움말 • 가을무는 맛이 달고 또 물이 많이 나오므로 진간장을 넉넉하게 부어도 그리 짜지 않게 되므로 일부러 물을 섞을 필요는 없습니다.

무장아찌

가죽 장아찌

재료 • 가죽나무 순, 고추장, 물엿, 통깨, 참기름, 굵은 소금

만들기

1 가죽나무의 연한 순을 따서 소금에 1시간 정도 절인다.

2 충분히 절여지면 채반(차반)에 받쳐 물기를 없앤 다음 꾸들꾸들한 상태에서 봉지에 담아 냉장고에 보관한다.

3 필요할 때마다 적당량을 꺼내 고추장, 물엿, 통깨를 넣고 버무려 하룻밤 재운 다음 먹으면 되는데 먹기 직전에 참기름을 조금 치면 맛이 더 좋다.

도움말 • 가죽나무는 참죽나무라고도 하는 활엽교목입니다. 독특한 향기가 있어 사찰에서는 오래전부터 어린잎을 식용으로 썼고, 주로 부각과 나물로 많이 만들어 먹었습니다. 김룡사에서는 이것을 장아찌로 응용, 사철 밑반찬으로 내고 있는데 부드러운 잎을 소금에 절여 냉장고에 저장을 해 두면 줄기가 쫄깃해져서 식감이 더욱 좋아집니다.

75

곡성 관음사

오늘
상차림도
조촐합니다

절집 가는 길이 이렇듯 한갓지고 오롯한 곳은 처음 봅니다. 골짜기가 많아 곡성이라지만 성덕산 낮은 모롱이 돌아가는 길은 걸을수록 마음이 놓입니다. 여름 끝물의 초록들이 모조리 그리로 내려가 잠긴 듯 빛나는 녹색의 저수지가 끝나자 수련으로 뒤덮인 눈부신 연못이 나오고, 그 찬탄이 끝나기도 전에 돌돌돌, 산골물이 정감 어린 길노래로 맞아줍니다. 넓지도 좁지도 않고 가파르지도 않아 마냥 순하고 깊이가 느껴지는 이런 산길을 만나면 그 끝에 기다리고 있을 절집이 더없이 궁금해집니다. 더욱이나 심청전의 원류로 밝혀진 백제 원홍장의 전설이 절집 연기설화로 기록돼 있는 유서 깊은 절집임에랴.

천칠백 년 전 백제 대홍 땅에 살고 있던 장님 원량의 딸 홍장은 아버지의 눈을 뜨게 하기 위해 홍법사의 화주승에게 자신의 몸을 공양물

대신 맡깁니다. 그런데 화주승을 따라 홍법사로 가던 중 중국 진나라에서 황후 감을 찾아 백제로 온 사신들의 눈에 띄어 뜻밖에도 진나라의 황후로 뽑혀 가게 됩니다. 말 그대로 고대광실에서 더할 나위 없는 호사를 누리게 되었지만 효녀 홍장의 마음속엔 언제나 바다 건너 혼자 계실 장님 아버지에 대한 걱정뿐입니다. 그 애끓는 마음을 홍장은 불심으로 달랬고, 그리하여 자신과 왕자들의 원불을 조성해 백제국으로 띄워 보냅니다. 그 불상 중의 하나가 벌교 앞바다에 닿았고, 마침 벌교 바닷가마을로 심부름을 다녀오던 옥과 땅의 처녀 성덕이가 그것을 발견합니다. 성덕은 예사롭지 않은 불상을 직접 업어 모시고

● 효녀 홍장은 아버지에 대한 그리움을
불상에 담아 백제 땅에 띄워 보냅니다.
연기설화 심청전의 고증자료인
관음보살상의 머리 부분입니다.

열두 고개를 넘어 옥과 땅 백아산의 하늘재에 이르러 잠시 쉬고 있는데 그때부터 불상이 무거워져 더 이상 옮겨가지를 못합니다. 불상을 모실 인연지가 가까웠음을 깨달은 성덕은 기슭의 맞춤한 평지로 내려가 손수 움막을 짓고 그곳에 황후 홍장의 원불상을 모셨습니다.

백제 관음신앙의 발상지로 고려를 거쳐 조선시대까지 대가람의 사세를 유지했던 관음사의 창건은 그렇게 이루어졌습니다. 우리나라 사찰 중에 유일하게 일반 재가자가, 그것도 처녀의 몸으로 절을 창건한 효시로서 관음사 사지에 그 연기 설화가 뚜렷하게 기록돼 있는 사실입니다.

그 설화를 책으로 정리한 인연까지 있어 절로 향하는 마음이 더 각별한데, 그 끝에 나타난 관음사는 과연 기대를 저버리지 않습니다. 깊어진 계곡물 위에 그림 같은 금랑각이 일주문을 대신해서 서 있고, 이름만큼

● 우리 불교계의 보물인 어람관음상,
왼손에 물고기를 안고 있고 등에 물고기의
꼬리가 새겨져 있습니다.

아름다운 그 누각을 들어서자 사방을 에워싸고 있는 것은 깊디깊은 적
요寂寥뿐입니다. 승속을 불문하고 요즘 같은 세상에서 이런 적요 만나기
가 어디 그리 흔한 일일까요. 더군다나 이리 보물 많은 고찰에서 말입니
다. 그래 절집을 찾아온 본분도 잊고 마냥 그 적요를 따라갔습니다.

비단결 물무늬 위에 서 있는 누각도 걸음을 더디 걷게 하고, 텅 비어
햇볕만이 쨍쨍대는 드넓은 절 마당도 마음을 사로잡습니다. 사방이
산으로 둘러싸여 있음에도 경내는 가없이 트여 있는 느낌이 들 만큼
드넓고, 끝여름의 청명한 하늘빛 때문인지 아니면 청아한 산빛 때문
인지 보이는 것 어느 하나 눈부시지 않은 것이 없습니다. 너무 오래되
어 퇴락한 세 채의 당우까지 반짝거립니다. 어람관음상은 우리 불교
계에 보기 드문 보물이건만 본래 그 자리였던 듯 수수한 자연석 위에
단출하게 모셔져 있고, 그 옆에서 시방 아기 다람쥐 한 마리가 쪼르

● 아름다운 원통전 마당에서 고즈넉한 절집의 분위기를 만끽합니다.

쪼르르 숨바꼭질을 하고 있습니다. 찬찬 둘러보아도 이렇듯 한갓지
고 고즈넉한 절집을 이제껏 본 적이 없습니다.

그렇게 거닐다가 아름다운 원통전 마당에 이르러서는 아예 자리를
만들고 주저앉았습니다. 그곳은 그냥 마당이 아니라 맨드라미와 봉
숭아와 또 다른 풀들이 모다 저 편할 대로 자리를 잡고 오순도순 순정
을 피워내는 꽃밭이었습니다. 누가 부러 꾸민 것이 아니라 절로 그렇
게 된 것 같은 '꽃밭마당'이 얼마나 보는 이의 정신을 자유롭게 만들
어주는지, 그 조촐한 평화에 마음마저 꾀벗고 무연히 앉아 있었던 까
닭은 오로지 적요 때문이었습니다. 선원 담장 저쪽 텃밭에서 아까부

터 구부렸다 일어섰다, 움직이는 한 사람이 눈에 들어오지 않았던들 그렇게 절집 풍경에 홀려 한나절을 다 까먹을 뻔했습니다.

선원에서 산속으로 이어지는 사립문을 나서니 그윽한 소롯길 옆으로 조그마한 텃밭들이 오밀조밀 이어져 있고, 그중 한 밭에서 늙지도 젊지도 않은 공양주가 지금 점심공양에 쓸 찬거리를 고르고 있는 중이었습니다. 담장 밑을 느릿느릿 기웃거리며 애호박도 두어 개 따고, 들깻잎과 풋고추, 붉은 고추도 한줌씩 따 담고, 그러면서 밭고랑도 돌보고, 늘어진 줄기랑 진 이파리들도 따냅니다. 그런 잔일들을 하느라 아까부터 그렇게 일어섰다 구부렸다를 거듭하고 있었던 것 같습니다. 그 더디고 무연한 동작이 절집 분위기와 똑 닮았습니다. 대하는 마음을 절로 오롯해지게 만들어주는 사람입니다. 후덕하되 헤프지 않고,

● 곡력면 앞익이 고가는 6·25전쟁 때 빨치산대장이 숙소로 사용했다고 합니다. 한 방문 언져리에 '대장의 숙소' 라고 적혀 있습니다.

정갈스럽되 차갑지 않을 성품 같아서 일단 마음도 놓입니다. 사전 연락도 없이, 더군다나 이 조용한 수행 도량의 후원을 취재하겠다고 들이닥친 중생을 누가 달가워할까마는 적어도 내치지는 않으리란 느낌은 들어야 일단 말이라도 터 볼 수 있는 까닭입니다. 그래 조심스럽게 공양간 구경 다니는 중생임을 소개했더니 단박에 환한 웃음으로 맞아줍니다. 그러면서 '그날이 그날이고 그밥이 그밥인 산골 절에 뭐나 보여줄 게 있을지 모르겠다'고, 되려 미안쩍어하며 총총 앞장을 섭니다. 공양주의 성정뿐 아니라 군더더기 없는 절집의 가풍까지 짐작되어 한결 마음이 놓입니다.

관음사는 백제의 명찰로 전성기엔 당우만 70채가 넘는 대가람이었습니다. 그런 대찰이 임진왜란과 6·25 전란을 겪으면서 처참하게 훼손

● 마음 넉넉한 공양주의 무연한 동작은 절집 분위기와 똑 닮았습니다.

멸절되고, 지금은 겨우 세 채만이 남아 있는데 그중 한 채가 바로 요 사채를 겸하고 있는 후원 건물입니다. 이름하여 '보물 공양간'인 셈입니다. 기와가 너무 낡아 한쪽에 비가 새어들고 있지만 번듯한 현대식 공양간에 비할 바 아닙니다. 어느 기둥엔가는 상기도 고고한 백제의 향기가 서려 있을 것입니다. 그러하기 마음 넉넉한 공양주는 불편을 탓하기보다 오히려 몸을 조신하게 움직여 공양간을 돌봅니다. 바깥쪽 개수대로 내려가 푸성귀들을 씻어오고, 밥은 앞방에서 짓고, 부침개는 뒷방에서 지지는 식인데 그 움직임이 조금도 산만하지 않습니다.

오늘 상차림도 꼭 그만큼 조촐합니다. 다시마 국물에 무와 표고, 두부를 넣고 끓이는 전라도식 탕국에 더덕 조림과 두부전, 지난가을에 담근 배추묵은지와 무짠지, 뜨끈뜨끈한 장독에서 방금 떠 온 노란 생된

장과 텃밭에서 따 온 풋고추와 푸성귀가 곁들여졌습니다. 보는 것만
으로도 군침이 돌지만 또한 정신이 맑아지는 상차림입니다.

그 정갈한 공양상 차려놓고 보살은 종을 칩니다. 한나절 내내 인적이
라곤 찾아볼 수 없었는데 어디에선가 스님 두 분과 신도 네댓 명이 조
용히 나타나 공양실에 자리를 잡았습니다. 때에 맞춰 공양실 낡은 벽
장에선 귀뚜리가 한낮의 노래를 시작하고, 바른쪽에 모셔둔 불단에
선 관음사의 창건주 성덕보살상 불두가 잔잔한 '백제의 미소'로 이쪽
중생을 굽어보십니다. 참으로 귀한 공양 시간이 아닐 수 없습니다. 각
별히 오롯해진 마음으로 공양을 마치고 나오는데 아까는 보지 못했
던 한 글귀가 눈에 들어옵니다.

'밝은 지성 맑은 지혜 밤별처럼 밝히시고'

조금 전 공양주가 친 동종 밑에 놓인 팻말에 담겨 있는 글입니다. 불현듯 방금 먹고 나온 그 음식이 단순한 음식이 아닌 정신의 영양제만 같이 느껴집니다. 몸을 위한 공양이 아니라 마음과 정신을 보하는 공양이 분명하였습니다.

● 몸만이 아닌 정신까지 보하는 관음사의 점심공양입니다.

관음사 공양주가 소개하는 반찬

재료 • 더덕, 국간장, 참기름, 물엿

만들기

1 더덕은 깨끗이 씻어 물기를 없애고 껍질을 깐다.

2 국간장에 생수, 참기름, 물엿을 적당량 넣고 연한 양념장을 만든다.

3 더덕을 칼등으로 자근자근 두드린 다음 **2**의 양념장을 골고루 묻혀 한두 시간 재워둔다.

4 프라이팬에 참기름을 조금 두르고 살짝 구워낸다.

도움말 • 더덕을 물엿 양념장에 충분히 재웠다가 구우면 향도 좋거니와 맛이 쓰지 않고 달작해서 더덕을 싫어하는 아이들도 잘 먹습니다.

더덕 조림

전라도식 무탕국

재료 • 무, 두부, 다시마, 표고, 소금

만들기

1 생수에 다시마를 넣고 20분 정도 끓이다가 다시마를 건져낸다.

2 1의 국물에 무와 표고, 두부를 적당한 크기로 썰어 넣고 맑은 국을 끓이다가 마지막에 소금
　으로 간을 맞춘다.

도움말 • 두부와 무가 의외로 궁합이 잘 맞아 맛이 개운하면서도 고소합니다. 하지만 미리 간을 맞춰 끓이면 무 맛
이 써질 수도 있으므로 뭇국을 끓일 때는 무가 충분히 익고 난 뒤에 간을 맞추는 것이 좋습니다.

이 정갈한
밥상을 누군들
마다할까요

● '금당사찰음식연구원'이 있는 산청 금수암 가는 길

오늘은 산신각 점안식이 봉행되는 절집의 큰 잔칫날, 지리산 금수골
의 금수암에 다다르니 축제 준비가 한창입니다. 큰절에서 하듯 온갖
절차를 갖추어 엄숙하게 치러지는 전통 산신제가 아니라는 귀띔은 받
았지만, 그래도 하필 이런 날에 공양간을 기웃거린다는 것은 여간 쑤
뼛거려지는 일이 아닙니다. 그런데 막상 공양간 안을 들여다보니 그
쑤뼛거림들이 일시에 달아나 버립니다. 한마디로 변화가 확 느껴지는
공양간입니다. 지금껏 보아온 여느 절집들과는 완연히 다른 꾸밈새
로, 시설에서 기물까지 공양간의 모든 것이 현대적이고 세련되었습니
다. 아니 세간의 주방에서도 웬만해선 갖추기 힘든 초현대식입니다.
넓고 환하고 편리한 작업대와 최신식 조리 기구에 원적외선 전기레인지까지 갖춰져 있습니다. '금당사찰음식연구원'이라고, 벽면에 흘려 쓴 글씨까지 추사체를 변용한 '현대식'으로 보일 정도입니다.

그뿐만이 아닙니다. 바로 그 글씨를 쓴 이 절의 주지 대안 스님이 지금 공양간에서 법복 소매를 걷어붙이고 직접 산신제에 쓸 음식을 장만하고 있습니다. 그 옆에서 공양주와 신도들이 공부하는 학생들처럼 조신하게 수발을 들고 있는 것도 여느 사찰에서는 볼 수 없는 진풍경입니다. 알고 보니 신도 대부분이 사찰 음식 전문가인 대안 스님에게 사찰 음식의 비법을 배우려고 찾아온 세간의 요리 전문가들이랍니다. 그러고 보니 스님의 일거수라도 놓칠세라 지켜보는 눈들이 사뭇 진지합니다.

흔히 절집 공양을 정찬淨餐이라고 합니다. 다른 생명을 해하고서 얻은 재료가 아닌, 천지의 기운으로 자란 청정한 재료만을 써서 정성으로

● 여름철 산과 들에 지천으로 핀 산야초 속에
우리 몸이 필요로 하는 영양소가 다 들어 있습니다.

만들기 때문입니다. 그 조리법도 각기의 식재료가 지닌 좋은 기운을
다치지 않고 사람이 고스란히 섭취할 수 있게끔 최소한의 과정으로
만듭니다. 청정한 재료로써 간편하게 조리한 음식이 곧 몸에 필요한
약으로 작용하니 만드는 이나 먹는 이 모두에게 이보다 더 좋은 음식
이 어디 있겠습니까. 나아가 생명 연장의 꿈에 부푼 인류의 소원도,
오염된 환경에의 우려도, 현대 난치병 환자들의 고통도, 모두 사찰 음
식 속에 그 해답이 있음을 지혜로운 자들은 이미 눈치를 채고 있습니
다. 그럼에도 많은 중생이 제 몸 망치는 독인 줄도 모르고 오로지 맛
을 위해 비싼 돈으로 '쓰레기 음식' 사먹기를 경쟁하고 있음이 안타
깝습니다. 그 어리석은 중생을 위해, 불제자여서가 아니라 정말 좋은
음식이어서 사찰 음식 연구를 소명으로 받아들였다는 스님의 법강은
끝이 없습니다.

그런 중에 후원의 가마솥엔 새알심 팥죽이 안쳐지고, 통팥고물 찰떡
과 산채들로만 장만한 일곱 가지 생나물과 일곱 가지 생과일도 모두
다듬어졌습니다. 빛깔 고운 도토리묵과 식혜는 어젯밤에 이미 다 만
들어 두었고, 생팥 고르고 닦는 일과 팥죽 끓이는 등속의 남은 일은
신도들이 맡았습니다. 붉은 팥과 산에서 나는 식재료를 주로 하여 만
드는 산신제의 기본 음식이 얼추 마무리된 것입니다.

그런데 요리전문가 스님은 또 다른 음식을 만들기 시작합니다. 이번에
는 오늘 산신제에 참례한 중생을 위해 차리는 특별 공양이랍니다. 초

피잎 장떡과 죽순 냉채와 죽순전, 그리고 머위 들깨찜. 생소한 이름만큼 그 맛이 몹시 궁금해집니다. 다시 스님의 요리 설법이 이어집니다.

대지의 기운이 성해지는 여름철엔 고온 다습한 기후로 우리 몸의 기운이 자칫 허해지기 쉽습니다. 과다한 땀 흘림과 높은 불쾌지수, 냉방병과 열대야로 인한 수면 부족 등으로 건강관리 자체가 어려운 데다, 무엇보다 식욕이 크게 떨어지는 것이 주요인입니다. 여름철 식생활 관리가 무엇보다 중요한 이유가 여기에 있습니다. 목마르다고 손쉬운 빙과류만 찾고, 입맛 없고 귀찮다고 간편한 즉석식품으로 끼니를 때우는 것은 위험천만한 일입니다. 인공 감미료는 입안을 깔끄럽게 해 오히려 입맛을 떨어뜨리고, 즉석식품으로는 땀을 통해 과다하게 빠져나가는 단백질과 비타민, 무기질류를 충당할 수가 없습니다. 오

● 절집 공양은 천지의 기운으로 자란 청정한 재료만을 써서 정성으로 만듭니다.

직 땅에서 나는 자연의 식재료만이 대안입니다. 그중에서도 제철에 나는 것을 쓰는 것이 제일 좋은 방법입니다.

여름철 산과 들엔 온갖 산야초가 지천으로 피어 있습니다. 그 산야초 속에 우리 몸이 필요로 하는 영양소와 약 성분이 다 들어 있습니다. 여름에 산야초들이 저리 무성하게 피는 것은 그만큼 우리의 몸이 그 영양소들을 많이 필요로 하기 때문임을 알아야 합니다. 그래서 절집에서는 예나 지금이나 그 순리를 따라 밥상을 차립니다.

가을에 거둔 곡식과 열매들로 겨울철 몸을 보양하고, 봄과 여름엔 산야초의 잎과 줄기로 원기를 돋우면 그것으로 족합니다. 특별한 보양식도 없고, 적은 양을 먹지만 한여름이라고 기운 잃고 헉헉대는 스님들은 없습니다. 누누이 강조하지만, 제철 제 땅에서 나는 식물만큼 사람의 몸에 맞춰진 비료는 없습니다. 그것만 제대로

● 제철 제 땅에서 나는 식물만 챙겨 먹으면 건강은 만사형통입니다.

챙겨 먹으면 건강은 만사형통입니다.

요리 솜씨 못지않게 맛깔스런 스님의 법강이 마무리될 즈음, 초피잎 장떡과 죽순 냉채와 머위 들깨찜이 속속 완성되었습니다. 초피잎과 죽순, 머윗대는 예부터 여름철 스님들의 밥상에 자주 올리는 산야초들인데, 대안 스님이 그 맛과 영양을 새롭게 조화시켜 보았다고 합니다.

땀으로 인하여 부족해진 단백질과 비타민, 무기질을 보충해 주고, 동시에 무더위로 잃은 입맛을 돌아오게 해 주는 재료들로 궁합을 맞추고, 단백질원의 으뜸인 콩류 식품(두부와 된장)에 비타민과 무기질의 보고인 제철 산야초(초피잎과 죽순, 머윗대)를 가미시켰음이니, 그야말로 이상적이고 종합적인 영양식이 아닐 수 없습니다.

청명한 초여름, 절집 잔칫날에 지지는 장떡 향기가 너무 '꼬소소' 합니

다. 제보다 젯밥에 마음을 두었음인지, 중생은 자꾸만 돋아나는 군침을 숨기느라 바쁜데 스님은 어느결에 냉채를 만들고 남은 죽순으로 전까지 지져 곁들입니다. 그 손끝이 얼마나 재바르고 단정하고 적확한지, 수행의 방편을 승속에 따로 두지 않음을 알겠습니다. 하필 손끝에 물 마를 날 없는 요리를 화두로 잡고, 번잡스런 세간조차 마다않는 스님 동사섭(同事攝: 중생과 희로애락을 함께 함)의 그 보살심도 알겠습니다.

이윽고 산신각 점안의 의례 봉행이 근엄히 회향되고, 기다리고 기다리던 대중공양이 시작되었습니다. 지리산 금수골에 자생하는 초피잎의 톡 쏘는 향도 유혹적이고, 절 뒤란 대숲에서 따 온 죽순의 알싸한 향도 침샘을 자극합니다. 너럭바위 위에 보자기를 깔고, 초록 너울지는 산 풍경을 바라보며 먹는 이 정갈한 밥상을 누군들 마다할까요.

어리석은 중생을 위해 고귀한 법복 소매를 걷어붙이고 차려

주신 스님의 밥상은 보는 것만으로도 행복합니다. 그리고 그

깊은 가르침도 사무칩니다. 꼭 그만큼 어리석은 중생의 눈도 뜨여가

는 것 같습니다.

대안 스님이 소개하는 사찰 여름 별식

죽순 냉채

재료 • 죽순, 표고버섯, 팽이버섯, 백일송이버섯, 꾀꼬리버섯, 브로콜리, 당근, 푸른 피망, 붉은 피망, 참기름, 검은 통깨, 국간장, 소스(재료: 삶은 두부 반 모, 파인애플 약간, 찐 감자 1개, 2배 식초와 조청 약간, 소금과 황설탕 조금, 통깨)

만들기

1 죽순은 껍질을 벗기고 된장을 조금 풀어 넣은 물에 삶은 다음 2등분으로 채를 썬다.

2 당근은 약간 굵은 듯하게 채를 썬다.

3 브로콜리는 송이 부분만 짧게 잘라 적당한 크기로 썰어 소금물에 데친다.

4 백일송이와 팽이버섯은 소금물에 살짝 데친 다음 찬물에 헹구어 물기를 제거한다.

5 꾀꼬리버섯도 소금물에 살짝 데쳐 찬물에 헹구어 물기를 제거한 다음 참기름에 살짝 볶는다.

6 표고버섯은 채를 썰어 팬에 참기름을 두르고 후추와 국간장으로 간을 하여 볶는다.

7 팬에 참기름을 두르고 1을 볶다가 국간장으로 간을 한 다음 죽순이 얼추 익으면 2를 넣고 다시 볶는다.

8 피망은 색깔별로 채를 썰어 참기름으로 살짝 볶는다.

9 소스의 재료들을 적당량씩 배합하여 믹서에 넣고 약간 걸쭉한 느낌이 드는 농도로 부드럽게 간다.

10 넓은 그릇에 재료들을 모두 넣고 9의 소스로 버무린 다음 그릇에 담고, 검은 통깨로 고명을 한다.

도움말 • 죽순은 된장을 조금 풀어 넣고 삶으면 특유의 알싸한 맛이 중화됩니다. • 브로콜리를 조금 넉넉하게 넣으면 죽순과 버섯에서 부족한 영양소가 보충됩니다. • 차게 먹는 냉채 소스에는 견과류를 안 쓰는 게 좋습니다. • 늦봄에서 초여름까지 채취하는 죽순은 탄수화물에서 단백질, 칼슘, 인, 비타민까지 함유하고 있는 좋은 식재료입니다. 특히 섬유소가 풍부하고 정혈 작용이 뛰어나 몸속 노폐물을 배출하는 데 탁월한 효능이 있습니다. 필수아미노산과 불포화지방산, 비타민의 보고인 버섯류의 효능은 더 말할 필요도 없지만 이들 식재료가 지니고 있는 독특한 향 때문에 의외로 기피하는 사람이 많고, 특히 성장기의 아이들이 기피하는 것이 문제입니다. 그래서 대안 스님은 죽순과 버섯류의 강한 향을 중화시킬 수 있는 조리법을 개발했는데 파인애플의 친숙한 향에 두부, 감자의 고소하고 부드러운 맛을 조화시킨 소스가 바로 그것입니다. 새하얀 소스에 버무려진 오색의 채 줄기가 보는 것만으로도 즐겁고, 쫄깃하게 씹히는 상큼 달콤한 맛은 입안에서 오랫동안 신선하고 담백하게 남습니다.

초피잎 장떡

재료 • 쌀가루, 초피잎, 표고, 풋고추, 붉은 고추, 된장, 고추장, 올리브유

만들기

1 쌀가루 반죽에 된장과 고추장을 1:1 비율로 풀어 넣고 간을 맞춘다.

2 초피잎은 깨끗이 씻어 잘게 다지듯이 썰고, 표고와 풋고추, 붉은 고추도 곱게 다진다.

3 1의 반죽에 2의 재료들을 넣고 고루 섞은 다음 팬에 올리브유를 두르고 한 숟갈씩 떠서 자
그맣게 지져낸다.

도움말 • 초피잎은 초여름에 부드러울 때 따서 냉동 보관해 두면 사철 쓸 수 있습니다. 입맛에 따라 고추장과 된장의 비율은 조절하고, 쌀가루 반죽은 밀가루와 달리 모양 유지가 어려우므로 숟갈 크기로 지져내는 것이 좋습니다.

• '제피'라고 하여 경상도 지방에서 즐겨 먹는 초피나무는 알고 보면 후추와 겨자를 능가하는 세계 제일의 천연 향신료입니다. 예로부터 한방에선 해독, 구충, 진통, 건위에 좋은 약재로 썼고, 사찰에서도 잎은 나물로, 열매는 장아찌와 향신료로 여러 음식에 넣어 상용해 왔습니다. 초피는 입맛을 돋우고, 육류와 생선의 냄새를 없애며, 김치가 시는 것을 방지하고, 음식의 산패를 막는 성분까지 있습니다. 특히 초피의 따뜻한 성분은 여름엔 몸을 시원하게 해 주고 겨울엔 따뜻하게 해 주기 때문에 초여름까지는 부드러운 잎을 먹고, 가을엔 열매를 가루로 빻아 사철 내내 먹을 수 있습니다. 하지만 음식의 부패가 잦고, 입맛이 떨어지는 여름철 밥상에 궁합이 더 잘 맞는 식재료입니다. 그래서 대안 스님은 깻잎으로 지지던 기존의 장떡에 초피 잎을 응용, 입맛 당기는 여름 별식을 만들어냈습니다. 참고로 요즘 미국과 유럽에서는 초피가루를 커피에까지 타 먹을 정도로 인기가 높은데, 세계적으로 우리나라 지리산에 자생하는 초피가 제일 우수한 것으로 알려져 있습니다.

재료 • 죽순, 통밀가루, 쌀가루, 국간장, 후추, 참기름, 통깨

만들기

1 죽순은 된장을 조금 푼 물에 살짝 데친 다음 2등분하여 칼등으로 자근자근 두드려 납작하게
만든다.

2 통밀가루와 쌀가루를 1:1로 섞고, 국간장과 후추로 간을 한 다음 묽은 반죽을 해 둔다.

3 팬에 참기름을 두른 다음, 죽순을 어긋나게 해서 가지런히 놓고 그 위에 **2**의 반죽을 고루
부어 지진다.

4 국간장, 생수, 통깨로 짜지 않은 양념장을 만들어 곁들인다.

도움말 • 죽순은 다른 기름보다 참기름으로 지질 때 맛이 배가 되며, 지지기가 좀 힘들기는 하지만 반죽에 쌀가루가
많이 들어갈수록 전이 바싹해집니다. **•** 탄수화물에서 단백질, 칼슘, 인, 비타민까지 함유하고 있는 죽순은 특히 섬유
소가 풍부하고 정혈 작용이 뛰어나 몸속 노폐물을 배출하는 데 탁월한 효능이 있습니다. 여기에 쌀가루(탄수화물)와
참기름(지방)을 곁들이면 영양 면에서 크게 부족하지 않은 일품요리가 됩니다. 간단한 조리법으로 풍부한 영양분을
섭취하는 것도 여름철 식생활의 지혜입니다.

죽순전

무 버섯쌈

재료 • 초절임 무, 감자, 두릅 속잎, 팽이버섯, 꾀꼬리버섯, 당근, 오이, 푸른 피망, 붉은 피망, 고추냉이, 국간장, 죽염

만들기

1 초절임 무(시중에 파는 것)는 한 장씩 물기를 닦아 놓는다.

2 감자는 삶아 껍질을 벗기고 죽염 간을 해서 곱게 으깨 놓는다.

3 두릅은 부드러운 속잎만 한 잎씩 떼어 끓는 소금물에 살짝 데쳐 찬물에 헹구고, 팽이버섯과 꾀꼬리버섯도 차례로 데쳐 찬물에 헹군 다음 물기를 꼭 짠다.

4 당근은 생으로, 오이는 겉살 부분만 세로로 곱게 채를 썰고, 피망도 곱게 채를 썰어 둔다.

5 고추냉이와 국간장, 생수를 적당량 배합하여 양념장을 만든다.

6 초절임 무 위에 으깬 감자를 고루 펴 바른 다음 **3**, **4**의 재료들을 한 가지씩 색을 맞춰 넣고 돌돌 말아 양념장에 찍어 먹는다.

도움말 • 두릅과 버섯류를 데칠 때 같은 물에서 팽이버섯, 두릅, 꾀꼬리버섯 순으로 데치면 영양 손실을 막으면서 각각의 색과 향도 살릴 수 있습니다. • 특히 팽이버섯은 아주 살짝 데쳐야 쌈을 만들 때 모양이 납니다. • 산사에서는 주변 산에서 나는 꾀꼬리버섯과 한여름에도 아직 부드러운 두릅 속잎을 구할 수 있지만 일반 가정에서는 쉽게 구할 수 없으므로 이것들 대신 표고버섯이나 브로콜리를 써도 좋고, 생으로 먹을 수 있는 다른 야채들도 입맛에 따라 응용하면 좋습니다. • 초절임 무에 온갖 버섯과 산야초 채를 싸서 먹는 무 버섯쌈은 시각적으로 입맛이 당기고, 맛도 상큼해서 여름철 절집에서 자주 올리는 반찬입니다. 대안 스님은 여기에 감자를 곁들임으로써 한 끼 식사로 손색 없는 일품요리를 만들었습니다. 예쁜 모양에 맛이 새콤달콤해서 채소를 기피하는 아이들의 간식으로도 그만입니다.

건강에도 좋고 자연에도 좋은 식사

● '마음이 열리는 절' 개심사입니다.

옛날 어느 절집에 큰스님과 공양주가 한날한시에 임종을 맞았습니다. 때를 같이하여 마침 하늘에서 꽃가마 한 대가 내려오므로 상좌는 당연히 큰스님이 극락왕생을 하시는구나 하며 크게 기뻐하였습니다. 그런데 웬걸, 큰스님이 미처 방문을 나서기도 전에 후원 쪽에서 공양주 보살이 종종걸음으로 달려오더니 냉큼 그 꽃가마 안으로 들어가 버리는 것입니다. 아무리 선정으로 보는 것이긴 해도 요망스런 공양주의 행동은 괘씸하기 짝이 없었습니다. 저 노보살님이 죽고 나서 노망이 들었나……. 상좌가 심히 못마땅해 하고 있는데 다시 하늘에서 꽃가마 한 대가 더 내려왔고, 큰스님은 그 두 번째 가마를 타고 공양주와 앞서거니 뒤서거니 사이도 좋게 서방정토를 향해 날아가는 것이었습니다.

이 상황이 도저히 이해가 되지 않은 상좌는 은사 스님을 찾아가 자기

가 본 것을 고하며 답을 구하였습니다. '평생 스님네들 뒷바라지하면서 불공을 들여온 공양주 보살의 성심을 모르는 바 아니지만, 그 공덕이 아무리 크다 해도 대오를 이루신 큰스님보다 앞서 가마를 탈 수는 없지 않겠느냐'고요. 그러자 은사 스님은 껄껄 웃으면서 일갈합니다. "이놈아, 제대로만 했다면야 남에게 시중받으면서 하는 공부보다 남에게 시중들어주면서 하는 공부가 월등 높은 점수 얻는 것이 자명한 일 아니겠느냐?"

물론 전설 속의 이야기이지만 예전 절집에는 진짜 보살지심을 지닌 공양주들이 많았습니다. 토닥토닥, 아궁이에 지핀 장작불 사그라지

는 소리에 불현듯 마음이 열려 '환희의 부지깽이춤' 을 추었다는 이도 있고, 공양 수발 석 달 정도면 학인 스님들의 공부가 익었는지 안 익었는지를 척척 알아보아 스님네를 쩔쩔 매게 하는 선지식 공양주도 있었습니다.

하지만 크게 바뀌어 버린 세태와 민심만큼 오늘날의 절집 공양주 사정은 많이 달라졌습니다. 불심은커녕 소임 태만에 앉은자리는 짧고 셈속은 밝아 오히려 스님네를 번거로이 하는 이들이 더 많습니다.

서산의 천년고찰 개심사開心寺로 가는 길은 그래서 더 각별하고 기대가 컸습니다. 요즘 보기 드문 공양간과 장기근속 공양주가 있는 절이라고, 마음 문을 열기 위해 개심사를 다녀온 지인들로부터 전해들은 소식 때문이었습니다.

과연 개심사 공양간은 기대를 저버리지 않았습니다. 무량수각 한편

● 세월의 무게까지 차곡차곡 잘 갈무리 돼 있는 공양간 풍경입니다.

에 가스레인지와 식탁 하나를 갖춘 현대식 공양간을 마련해 놓긴 하였으되 그것은 어디까지나 나이 든 공양주 보살을 위한 임시변통이고, 후원 요사채에 이어져 있는 옛 공양간의 고색창연함은 가까이 다가가는 것조차 망설여질 정도로 별천지를 보게 합니다.

막돌 주초에 배틀목 기둥의 자연 심미로 칭송되는 절집답게 지대방의 들보들까지 멋들어지게 배틀어져 있는데, 그 견뎌온 세월의 무게 아래 말린 시래기며 건채류, 밀가루 포대 등속이 갈무리 돼 있는 모습까지, 모두 시간의 저쪽에서 온 듯 정겹고 편해 보입니다.

그 후원의 한가운데, 한 천 년 이어왔음직한 이끼 긴 우물가에서 내일 쓸 두부와 청포묵을 갈무리하고 있던 노보살은 카메라가 다가가자 어느 사이 몸을 돌려 지대방 다락 속으로 몸을 옮겨가 버립니다. 칠순을 바라보는 나이치고는 몹시 재바른 몸놀림에 당혹스럽기까지 합니다.

스무 해가 넘도록 개심사 공양간을 지켜온 이야기가 새록거릴 만도
하련만 노보살님은 한사코 이름도 사진도 밝히기를 거절합니다. 그
저 새 공양간과 옛 공양간을 바지런히 오가며 하루치의 공양 준비에
몰두하는 양이 빈틈이라곤 없습니다. 마침 개심사 신도의 영가 천도재
를 올리는 날이라 '한시반시도 가만히 있을 짬이 없어서'라고 변명을
대지만 카랑한 어투와 사래 젓는 품새가 영락없는 출가 스님입니다.

인간사의 고통 끝에 인연 따라 들어와 부처님 은혜로 사는 것이 그저
고맙고 황송해서 매사를 불공드리는 마음으로 성심을 다한다고 해

● 개심사에는 인연 따라 들어와 부처님 은혜로 산다는 장기근속 공양주가 있습니다.

왔으되, 이제 몸이 말을 안 들어 예전 같은 맵짠 살림을 하지 못하여 공양간 모양새가 이래 어수선하다고, 그래서 절을 찾아오는 신도들 공양 수발도 제대로 못하여 하루빨리 인연 있는 새 공양주 오기를 기다리고 있노라고, 그리하여 당신은 이 절집의 '뒷방 늙은이'로서 여력껏 스님네 시봉하고 기도하는 여생을 보내는 것이 소원이라고, 노보살님은 부끄러운 듯 살짝 속내를 내비칩니다.

하지만 스무 해 익혀온 절집 음식 만드는 비법만큼은 언제라도 오롯하게 전수해 줄 수 있다며 금세 소매를 걷어붙입니다. 그러면서 옹골찬 한마디를 덧붙이더군요.

"요즘 도시 사람들 갑자기 절집 음식 찾아 많이들 오던데, 이제야 눈들이 트이나 봅다. 절집 음식은 자연에서 나는 것이건 인공으로 만든 것이건 독한 양념과 기름진 재료는 될 수 있는 대로 피하고, 주변

● 개심사 주변의 재료들로 만든 영단 음식은 그 솜씨와 정성에 소문이 자자합니다.

자연에서 나오는 청정한 채소들 위주로 담박하게 조리해서 간은 슴 슴하게 맞추고, 양은 약간 적은 듯하게 차려 예법에 따라 천천히 감사 한 마음으로 꼭꼭 씹어 먹으니 그야말로 위장에도 좋고 건강에도 좋고, 또 자연에도 좋은 식사 아니겠어요? 절집 음식 한두 달만 먹으면 웬만한 위장병은 다 낫는다는 말, 그거 괜한 말 아니랍니다.”

안 그래도 신도들 사이에서 영단 음식 만드는 솜씨와 정성이 남달라 칭송이 자자한 노보살님의 손맛 중에는 특히 개심사에 흐드러지게 핀 많은 꽃과 과일로 멋을 낸 각종 전과 개심사 연, 상왕산 취나물 등 절집 주변에서 나는 청정한 재료들로 담근 장아찌의 깊은맛이 손꼽 히는 음식들입니다. 🌿

노보살님이 소개하는 산사의 장아찌들

재료 • 취나물, 진간장, 국간장, 물엿, 맛국물

만들기

1 싱싱한 취나물을 깨끗이 헹구어 물기를 제거한 다음 입구가 작고 속이 깊은 오지그릇이나 유리병에 차곡차곡 담고 대나무 발과 돌로 눌러 둔다.

2 맛국물에 진간장, 국간장, 물엿을 입맛에 맞는 비율로 섞어 취나물이 잠길 정도의 양을 만들어 10분 정도 끓여 식힌 다음 1에 붓고 한지 등으로 잘 봉해 둔다.

3 3~4일 간격으로 국물만 따라 10분 정도 끓인 다음 식혀서 붓기를 서너 번 정도 더 해 주면 된다. 일주일 정도 지나면 취나물 특유의 향을 즐기면서 먹을 수 있다.

도움말 • 먹기 직전에 통깨와 고춧가루(일반에서는 다진 마늘과 파 첨가) 등의 양념을 얹어 먹으면 더 맛이 좋습니다.

취나물 장아찌

표고버섯 장아찌

재료 • 마른 표고버섯, 진간장, 국간장, 물엿, 맛국물

만들기

1 표고버섯은 2시간 정도 물에 불린 다음 대궁을 자르고 물기를 제거하여 입구가 작고 속이 깊은 오지그릇이나 유리병에 차곡차곡 담고 대나무 발과 돌로 눌러 둔다.

2 맛국물에 진간장, 국간장, 물엿을 입맛에 맞는 비율로 섞어 버섯이 잠길 정도의 양을 만들어 10분 정도 끓여 식힌 다음 1에 붓고 한지 등으로 잘 봉해 둔다.

3 3~4일 간격으로 국물만 따라 10분 정도 끓인 다음 식혀서 붓기를 서너 번 정도 더 해 주면 된다. 보름 정도 지나면 먹을 수 있다.

도움말 • 먹기 직전에 도톰하게 썰어서 깨소금, 참기름(일반에서는 다진 마늘과 파 첨가) 등 갖은 양념에 무쳐 먹으면 장아찌로 먹을 때와는 또 다른 풍미가 있습니다.

재료 • 오이, 풋고추, 진간장, 국간장, 식초, 물엿, 굵은 소금, 맛국물

만들기

1 중간 크기의 오이와 풋고추를 깨끗이 씻어 물기를 뺀다.

2 오이에 소금을 살짝 뿌려 약간 숨을 죽인 다음 물기를 제거하여 입구가 작고 속이 깊은 오
지그릇에 풋고추와 함께 차곡차곡 담아 대나무 발과 돌로 눌러 둔다.

3 맛국물에 진간장, 국간장, 식초, 물엿을 입맛에 맞는 비율로 섞어 오이가 잠길 정도의 양을
만들어 10분 정도 끓여 뜨거울 때 **2**에 붓고 더운 김이 빠지기를 기다렸다가 한지 등으로 잘
봉해 둔다.

4 3~4일 간격으로 국물만 따라 내 10분 정도 끓여 뜨거울 때 붓기를 서너 번 정도 더 해 주
면 된다. 보름 정도 지나면 먹을 수 있다.

도움말 • 오이와 고추를 적당한 크기로 잘라 갖은 양념에 무쳐 먹으면 더욱 맛이 좋습니다.

오이 장아찌

우엉 장아찌

재료 • 우엉, 양파, 붉은 고추, 진간장, 국간장, 식초, 물엿, 맛국물

만들기

1 우엉의 껍질을 벗긴 후 깨끗이 씻어 적당한 두께로 어슷썰기를 한다. 이때 입맛에 따라 양파와 붉은 고추를 썰어서 섞어준다.

2 썬 우엉을 물에 담갔다가 끓는 물에 살짝 데친 다음 속이 깊은 오지그릇이나 유리병에 차곡차곡 담아 대나무 발과 돌로 눌러 둔다.

3 맛국물에 진간장, 국간장, 식초, 물엿을 입맛에 맞는 비율로 섞어 우엉이 잠길 정도의 양을 만들어 10분 정도 끓여 식힌 다음 **2**에 붓고 한지 등으로 잘 봉해 둔다.

4 3~4일 간격으로 국물만 따라내 10분 정도 끓인 다음 식혀서 붓기를 두세 번 정도 더 해주면 된다. 열흘 정도 지나면 먹을 수 있다.

깨끗하고
맛있게,
나누어
모자라지
않을 만큼

● 원통사의 공양을 함께하는 이들은 대부분
자연이 그리워 산을 찾은 등산객들입니다.

도봉산 정상의 108바위를 품고 있는 절, 원통사의 점심공양은 좀 특
별합니다. 스님 두 분에 신도도 많지 않건만 날마다 공양간은 잔칫날
입니다. 봄, 가을의 휴일에는 평균 일백 명 분 이상의 공양을 준비하
고, 공양간 문도 늦게까지 열어 둡니다. 대부분 불교와는 상관없이,
그냥 자연이 그리워 산을 찾아온 주말 등산객들입니다.

바위봉우리 산정에서 사철 마르지 않는 감로수가 하필 절집 안에만
흘러넘치고 있으니 자연 발길들이 스쳐갈 수밖에 없는 사정이기는
하지만, 신도도 많지 않은 산꼭대기 작은 절집에서 몇백 명의 공양 수
발을 든다는 것은 예삿일이 아닙니다. 그럼에도 원통사는 일요일만
되면 법회를 열고 공양간 문도 활짝 열어 놓습니다. 밥을 나누어 법의
즐거움으로 삼는 일에 스님과 신도들은 신명이 났습니다.

5월 하순의 일요일, 원통사 경내는 사람들로 꽉 차 있습니다. 그사이에도 우이남능선의 가파른 바위길을 올라오는 발길들은 끊이지 않습니다. 옛모습 그대로 낡아가고 있는 조촐한 요사채를 보니 과연 저 많은 사람들을 제대로 수용이나 할 수 있을지, 적이 걱정스럽습니다. 그러거나 말거나 공양간에서는 점심 준비가 한창 진행되고 있습니다. 공양주 한 명에 도와주는 사람이 여남은 명, 모두가 오늘의 대중공양을 위해 봉사를 자원한 신도들이라고 합니다. 그런데 일을 처리하는 솜씨들이 여간 매끄럽지 않습니다. 남의 부엌에 들면 도움이 되는 사람보다 거치적거리는 사람이 더 많은 법인데, 마치 잘 훈련된 군대처럼 일사불란하게 움직입니다. 가만히 살펴보니 총중에 일을 지시하고 감독하는 대장이 따로 있습니다. '별좌 보살'이라고 불리는 여신도입니다.

별좌란, 절 살림을 총괄하는 원주 스님을 보좌하면서 주로 공양간 살림을 관장하는 소임 스님의 호칭입니다. 들고 나는 식재료의 관리에서부터 무슨 음식을 얼마만큼 만들어 어떻게 고르게 나눌 것인가를 일일이 점검하고 대비하는 궂은 자리인데, 상주하는 스님이 많지 않은 절인지라 재가 신자가 소임을 대신 맡은 것 같습니다.

별좌를 맡은 신도의 감독 아래, 둘씩 셋씩 팀을 이뤄 일사불란하게 움직이는 양이 암만 봐도 전문적인 취사팀 같습니다. 많은 사람들이 한꺼번에 움직이고 있음에도 조금도 부산스럽지가 않습니다. 설거지팀은 석간수 샘터에서 씻는 작업만을 전담하고, 밥팀은 부엌에서, 된장국을 맡은 팀은 후원의 간이부엌에서만 움직이는 식입니다. 별좌 보살은 그 사이를 오가며 맛을 보고 지시를 하면서 전체를 점검합니다. 좁고 불편한 시설을 오히려 더 효율적으로 활용하는 지혜도 놀랍거

● 원주 스님을 도와 공양간 살림을 맡고 있는 별좌 보살입니다.

니와, 그 궂은일을 신도들이 자원하여 맡고 나섰다는 것도 놀랍습니다. 그럼에도 스님네 못지않은 규율이 엄존합니다. 그러면서도 스님네와는 다른 명랑한 웃음소리가 터지고 있습니다. 즐거운 잔칫날임이 분명합니다.

법당에서 들려오는 스님의 법문이 얼추 마무리될 즈음, 후원 아궁이의 국솥에서도 김치 된장국이 구수하게 익었습니다. 늦은 봄날의 조요한 기운 속에 딱 어울리는 음식 맛입니다. 콩나물 무침, 참나물 무침, 무채나물, 상추와 양념장 등 오늘 대중공양 비빔밥의 재료들도 모두 마무리되었습니다. 반찬으로는 묵은깍두기 조림과 무짠지가 곁들여집니다. 여신도들의 울력으로, 더군다나 개성 만발한 젊은 도시 여성들이 챙기는 반찬들이라 우리 토종 맛과는 좀 거리가 있을 줄 알았

● 넓은 텃밭에 웬만한 채소는 직접 기르고 있습니다.

는데 그 예상은 보기 좋게 빗나갔습니다.

무짠지는 해마다 만들어 뒤란 바윗굴 저장고에 몇 년씩 묵혀가며 먹는 것이고, 된장국에 쓴 김치도 작년에 담근 김장김치 남은 것을 썼습니다. 묵은깍두기조림은 시어 버린 깍두기를 씻어 들깨가루 듬뿍 넣고 은근하게 졸여낸 것입니다. 그러고 보니 반찬들이 모두 추억의 우리 토종 맛입니다. 구수한 된장도 전통식으로 직접 담근 것이고, 고추장도 직접 담근 것을 쓰고 있습니다. 신도들의 입맛을 핑계로 장류들을 시중에서 사다 쓰는 절집들이 늘어가고 있는 요즘, 이 산꼭대기 절집의 잘 익은 장맛은 의외롭기까지 합니다. 그저 스님들의 입맛이 옛맛을 고수하고 있어 그에 따른 것일 뿐이라지만, 식재료뿐 아니라 연료까지 일일이 운반해야 하는 이 절의 사정으로 볼 때 그것은 예사 정성이 아닙니다.

넓은 텃밭에 웬만한 채소는 직접 기르고 있으되 휴일마다 몇백 명분의 잔치 음식을 대기에는 어림도 없습니다. 그런 사정인지라 음식을 만드는 과정에서도 쌀 한 톨, 깍두기 한 점을 자연 소중하게 다룹니다. 깨끗하고 맛있게 만들되 나누어 모자라지 않을 만큼의 양을 정하는 것, 이것이 제일 중한 소임이라고 산꼭대기 가난한 절집의 별좌 보살은 식재료 단속에 빈틈이 없습니다.

법회가 끝나기도 전에 등산객들이 우르르 공양간 주변으로 몰려듭니다. 산에서는 음식 냄새에 유난히 민감해지고, 음식 냄새를 맡으면 때에 상관없이 배가 먼저 고픈 법입니다. 하지만 원통사에서는 공양 예절만큼은 승속을 두지 않고 엄격하게 지키고 있습니다. 그것을 잘 알고 있는 원통사의 단골 식객들은 모두들 저만치 떨어져서 여유롭게

● 원통사의 단골 식객들, 처음 온 등산객들 모두가 많으면 많은 대로 적으며 적은 대로 귀한 음식 고루 나누며 감사히 먹습니다.

기다리고 있습니다. 하지만 처음 온 등산객들은 구수한 된장국 냄새에 회가 동하는지 기어이 공양실로 들어가 먼저 자리를 잡느라 부산을 떱니다. 이번에도 별좌 보살이 나서서 그 단속을 합니다. 많으면 많은 대로 적으면 적은 대로 고루 나눌 수 있도록 법회가 끝날 때까지 조용히 밖에서 기다릴 것을 단호하게 알려줍니다. 원통사에서는 오래전부터 승속이 함께하는 대중공양을 지켜 오고 있는 바, 제아무리 시주공덕이 큰 노보살이라도 예외를 두지 않습니다. 이 높은 산봉우리까지 져 나르느라 더욱 귀해진 음식을 고루 나누어 감사드리며 먹자는 주지 스님의 권고에 따라 식사 예절만큼은 신도들도 좀 엄격하게 지켜 오고 있습니다.

이윽고 절집의 어른이신 주지 스님이 정좌를 하고, 스님네와 신도들이 일차로 자리를 잡고 앉았습니다. 작은방에는 원통사에서 식사를 해결하고 있는 국립공원 산악구조대원들이 먼저 자리를 잡았습니다. 일순 고요한 정적이 흐르고, 이어 공양발원문이 합송됩니다. 처음 온 등산객이라도 따라할 수 있도록 큰방 한쪽 벽에 발원문 전문을 큼지막하게 써 붙여 놓았습니다.

한 방울의 물에도 천지의 은혜가 스미어 있고

한 톨의 곡식에도 만인의 노고가 담겨 있습니다.

이 음식으로 이 몸을 길러 몸과 마음을 바로하고 청정하게 살겠습니다.

또한 수고한 모든 이들이 선정삼매로 밥을 삼아 법의 즐거움이 가득하여

지이다.

이르는 곳마다 부처님의 도량이 되고

베푼 이와 수고한 모든 이가 보살도를 닦아 다 같이 성불하여지이다.

통상의 공양발원문에 원통사의 사정을 맞춰 보태고 풀어쓴 문장이 매우 아름답습니다. '수고한 모든 이가 선정삼매로 밥을 삼아 법의 즐거움이 가득하여지이다'는 부분은 그 내포하고 있는 뜻이 공양받은 중생의 가슴에 깊이 와 닿습니다. 밥그릇을 앞에 두고 중생은 이미 마음가짐이 오롯해졌습니다. 산 아래 지천으로 널려 있는 음식 앞에서는 가져 보지 못했던 새로운 느낌입니다. 저도 모르게 밥그릇을 두 손으로 감싸 쥐게 되고, 비비는 밥알 하나에도 알지 못할 절절함이 깃드는 것만 같습니다. 불자도 아닌 속인들이 이렇듯 정성으로 공양을

하는 일도 드물 것입니다.

점심공양을 끝내고 본격적으로 후원 살림 엿보기에 들어갔습니다. 신도들이 불어남에 따라 서울 인근의 웬만한 고지대 사찰에서는 물건을 운반하는 도르래 시설을 설치해 놓고 씁니다. 하지만 원통사에서는 지금껏 도르래 설치를 하지 않고, 대신 절에 다니는 신도들이 그 일을 맡고 있습니다. 원통사에 비치돼 있는 신도용 지게만 스무 개입니다. 이 높은 산꼭대기로 식재료와 연료(LPG), 그리고 그에 따르는 폐기물들을 운반하는 일도 모두 신도회가 맡아서 하고 있습니다. 비교적 가벼운 짐들은 여자들이, 그리고 남자들은 아예 지겟짐을 지고 절집을 오르내립니다. 법회가 있는 날만 그러는 것이 아니라 평상시에도 맨손으로 오르내리는 법이 없습니다. 빈 가스통에 등산객들이

갖다 버리는 쓰레기들까지, 속세로 지고 내려가야 하는 짐들은 오히려 더 많습니다. 그 때문에 지게는 이곳 원통사 남신도들이 몸에 붙이고 다니는 상비품이 된 지 오래입니다.

후원 한쪽에 요즘 보기 드문 기계방아가 비치돼 있습니다. 무거운 떡쌀을 지고 오르내리는 수고를 덜기 위해서라지만 시절이 현대판이다 보니 떡을 직접 만드는 절이 있다는 것만도 반가운 소식이 아닐 수 없습니다. 마침 내일 있을 재에 쓸 떡가루를 빻고 있어 통통통, 낮은 기계음이 봄날의 도량 안을 가득 채우고 있습니다. 참 오랜만에 들어보는 추억의 소리로 하여 기분이 매우 좋습니다. 기계방아를 다루는 소임은 젊은 스님이 전담하고 있었는데, 초벌 재벌, 번갈아 가며 눈가루 같은 떡가루를 털어 담고 내리는 솜씨가 노련하면서도 섬세합니다. 인절미는 돌절구를 쓰고, 대체로의 설기 떡류는 이 기계방아로 모두

● 이성계가 조선 건국의 현몽을 받았다는 전설이 서려 있는 영험 바위, 상공암입니다.

해결하고 있으니 맛도 정성도 비할 바가 아닙니다.

당우가 낡아 공양간 안은 좁고 불편한 감이 있지만 물 사정 하나만큼은 기가 막힌 곳이 원통사입니다. 바위봉우리가 병풍처럼 둘러싸고 있는 산꼭대기 절집에 석간수가 무려 네 군데서 사철 마르지 않고 철철 솟아나옵니다. 가재가 기어다니는 공양간 바로 옆 바위샘은 그 유명한 상공암(거북바위) 밑으로 물줄기가 이어집니다. 상공암은 이성계가 조선 건국을 앞두고 이곳 원통사에서 옥황상제로부터 상공의 현몽을 받았다는 전설이 서려 있는 영험 바위입니다. 지금도 거북의 등딱지에 해당하는 널찍한 바위 표면에 '相公岩(상공암)'이라는 큼직한

● 계단 끝에 바윗굴로 된 천연저장고와 장독대가 이어져 있습니다.

글자가 뚜렷하게 새겨져 있습니다. 이 거북바위샘을 중심으로 바윗
굴로 된 천연저장고와 장독대가 이어져 있고, 그 위로 두릅밭과 음나
무밭이 계단식으로 만들어져 있습니다. 이만하면 한철 살림살이로는
부족할 게 없습니다. 뜯어볼수록 영험해 보이고, 또한 아름다운 불연
지입니다.

내려오는 길, 신도들은 저마다 짐보따리 하나씩을 지고 들고 절문을 나
섭니다. 다들 올라올 때보다 더 큼직한 보따리들입니다. 다음에 올라올
때 알맹이를 담아 올 빈 그릇들과 등산객들이 버리고 간 페트병 부류의

태울 수 없는 폐기물들을 한 짐씩 나누어 졌습니다. 무게는 안 나가지만 부피는 훨씬 큽니다. 원통사 바로 아래 한 구간은 북한산보다 더한 급경사의 깔딱고개인데 그 가파른 바위길을 신도들은 키보다 더 큰 짐을 지고 익숙하게 내려갑니다. 그 뒷모습이 참 아름답습니다. 도봉산의 줄을 잇는 등산객들 사이로 무거운 짐을 지고 가는 사람은 모두 '원통사 신자들'이라고, 그래서 웬만한 등산객들은 자진해서 길을 비켜주고 있을 정도로 소문이 나 있습니다. 하필 산꼭대기에 자리 잡은 절집으로 하여 우이능선 도드라진 팍팍한 산길이 무척이나 아름다워졌습니다. 그들은 절에 다니고 있는 그 자체만으로 이미 큰 복전을 일구고 있는 셈이니 이보다 더 오롯한 신행이 또 있을까요.

별좌 보살이 소개하는 원통사의 대표 반찬은 무짠지와 참뽕나무의 어린잎으로 만든 뽕잎 장아찌입니다. 무짠지는 원통사 텃밭에서 직

● 도봉산 정상의 108바위를 품고 있는 절, 원통사

접 기른 김장 무들을 소금에 좀 짠 듯하게 절인 다음 깨끗이 씻어내고 다시 소금을 켜켜로 얹어 땅속에 묻어두기만 하면 되는데, 간수를 뺀 천일염으로 간을 잘 맞춰 놓으면 몇 년이 지나도 맛이 아삭거릴 정도로 변하지 않는다고 합니다. 이것을 물에 담가 짠맛을 우려내고 채를 썰어 무치면 그대로 나물이 되고, 냉수에 담그면 동치미가 되며, 졸이거나 볶아 먹어도 별미라서 원통사에서는 김장철에 이 무짠지를 넉넉하게 담가 놓고 몇 년씩 묵혀 가며 사철 공양상에 올리고 있습니다. 오랫동안 저장해도 맛이 변하지 않는다는 것은, 짐작컨대 공기 좋은 산에서 자연 거름으로 키운 무 본래의 맛이 튼튼하게 갖춰졌기 때문이리라 싶습니다.

청정한 사찰 음식과 고즈넉한 산사의 정취 어린 분위기가 좋아 그녀

자신이 자진해서 일을 맡았고, 막중하다면 막중하달 수 있는 소임을

한껏 즐기면서 하고 있다는 별좌 보살은, '좋은 요리란 좋은 재료를

선택해서 될 수 있는 대로 간단하게 요리하는 것이 정답인 것 같다'

고, 그동안 주부와 별좌로서 승과 속을 오가며 두 환경의 요리를 번갈

아 만들면서 체득하게 된 생생한 비법을 누누이 강조합니다.

별좌 보살이 소개하는 원통사의 밑반찬

재료 • 김장 무, 굵은 소금

만들기

1 김장 무를 깨끗이 씻어 굵은 소금에 하룻밤 정도 절인다.

2 절인 무를 다시 씻어 물기를 뺀 다음 오지항아리에 무 한 켜, 소금 한 켜로 차곡차곡 담고 마지막엔 무가 보이지 않도록 소금을 듬뿍 끼얹어 꼭꼭 눌러준 다음 베나 한지로 입구를 봉해 서늘한 곳에서 1년 이상 숙성시킨다.

3 먹을 때는 미리 무를 꺼내 찬물에 하루 정도 담가 짠맛을 없앤 다음 채를 썰어 양념장에 무치거나 냉수에 띄워 즉석 동치미를 만들어 먹는다.

도움말 • 천일염을 3년 정도 묵혀 간수를 뺀 다음 한 번 볶아서 김장을 담그면 쓴맛이 없고, 장기간 보관해도 맛이 변하지 않습니다. 무짠지는 간만 잘 맞추면 2~3년이 지나도 맛이 변하지 않고 무의 아삭거림이 살아 있어 무침과 동치미 외에 들기름과 함께 졸이거나 볶아 나물로 먹어도 맛이 좋습니다.

무짠지

뽕잎 장아찌

재료 • 참뽕나무의 어린잎, 진간장, 장아찌용 소주

만들기

1 참뽕나무의 어린잎을 따서 깨끗이 헹군 다음 한줌씩 차곡차곡 묶어 옹기항아리에 켜켜로 담는다.

2 진간장과 장아찌용 소주를 1:1 비율로 섞어 뽕잎이 잠길 만큼의 양이 되도록 짜지 않은 양념장을 만든다.

3 1에 2를 붓고 서늘한 곳에서 3~4일 정도 삭힌다.

4 뽕잎이 부드럽게 삭아졌다 싶으면 국물을 모두 따라내고 다시 켜켜로 눌러준 다음, 새 진간장을 끓여 완전히 식힌 다음 잎이 잠길 정도로 붓는다.

5 잎이 국물 밖으로 떠오르지 않도록 돌로 잘 눌러 준 다음 입구를 한지 등으로 봉해 익힌다.

6 일주일 간격으로 간장을 따라 내어 같은 방법으로 두세 번 더 끓여 붓는다.

7 한 달 정도 지나면 서늘한 곳에 보관해 두고 필요한 양만 덜어내 먹는다.

도움말 • 뽕잎은 맛이 부드럽고 향이 은은한 데다 산사의 주변에서 흔하게 구할 수 있어 사찰에서는 오래전부터 차와 장아찌를 만들어 왔습니다. 요즘 성인병 등에 좋은 뽕잎의 약성이 알려지면서 사찰 전래의 뽕잎차와 뽕잎 장아찌가 관심을 받고 있는데, 일반 가정에서 쉽게 담글 수 있는 장아찌의 경우 간장으로만 담그던 종래의 방법에 장아찌용 소주를 응용하면 짜지 않으면서도 장기 저장하며 먹을 수 있어 좋습니다.

섬 같은
암자의
보물 같은
공양간

● 안양암에서 바라다 보이는 서울의 빌딩 숲

"어떻게 이런 곳에 이런 절집이 이렇듯 고스란하게 보존될 수 있었을까!"

작년인가, 번잡스럽기 짝이 없는 서울 동대문에서 사찰박물관으로 공개된 안양암을 처음 만났을 때, 한마디로 경탄을 금치 못했습니다. 휘황한 서울의 빌딩 숲에서 저 홀로 시간을 거스르고 도도하게 돌아앉아 외롭게 살아남은 섬 같은 절집, 나지막한 돌담을 사이에 두고 현재의 서울과 백이십 년 전의 한양이 엄연하게 공존하고 있는 모습은 참으로 용하고도 경이로웠습니다.

특히 전각이라기보다 조선 말기 반가의 안채를 연상케 하는 공양채는 그 꾸밈새가 얼마나 단아하고 정겨운지, 그날 우리 일행은 문화재 관람은 제쳐 두고 공양주를 졸졸 따라다니며 이곳저곳을 기웃거리기에 바빴습니다. 어릴 적 고향집에서나 보았던 벽찬장, 댓돌 위로 올라

● 높디높아진 서울 하늘 아래서 주지 스님은
배추농사를 직접 짓고 있습니다.

가 '쬐끄만' 미닫이문을 열고 들어가는 정주간 고방, 그릇 시렁, 닳을
대로 닳은 무쇠 가마솥의 반질거림……. 앞쪽의 싱크대와 가스레인
지만 아니라면 영락없는 옛날 한양 어느 집의 정주간이었습니다.

그 오롯한 정경을 머릿속에 담아놓고 뜸들이기를 세 철, 어렵사리 취
재 허락을 받고 보니 공교롭게도 횡사한 신도의 49재를 올리는 날입
니다. 유족들의 양해를 구하고, '1일 공양간 도우미'를 자처하여 벼
르고 별러 온 절집의 공양 살림 엿보기에 나섰습니다.
뜻밖의 훼방꾼이 거슬리기도 하련만 공양주는 심상하게 자신의 소임
을 보고 있습니다. 영단에 올릴 다섯 가지 전과 나물과 과일을 준비하
고, 메에 쓸 밥은 조그마한 곱돌솥에 햅쌀을 따로 씻어 정성스럽게 안
칩니다. 그러는 짬짬이 고방 문도 열어 보여주고, 장독도 열어 저장

반찬들 맛도 보게 해 줍니다. 머리까지 짧게 깎아 얼핏 스님처럼 보이는 공양주는 심성뿐 아니라 손맛까지 이 절집과 똑 닮았습니다.

고추 장아찌와 깻잎 장아찌는 해마다 절집의 남새밭에서 직접 길러 거둔 것으로만 담그고 있다는데 맛이 꽤나 삼삼합니다. 음식 맛은 정성이라고, 조리과정뿐 아니라 재료를 심어 가꾸는 것에서부터 그리 정성을 쏟았으니 그 맛이야 말해 무엇하겠습니까.

도시 한복판의 이 절집이 이렇듯 경이로운 고풍古風을 유지하고 있는 것은 결단코 공양간 살림 꾸림새와 무관치 않을 것입니다.

● 천도제에 올리는 음식 재료의 절반 이상이 절집에서 직접 가꾼 채소들입니다.

안양암은 그 어떤 산골 절집 못지않게 직접 밭농사를 짓고 있습니다. 고추와 깻잎뿐 아니라 오늘 영단에 올리는 음식 재료의 절반 이상이 절집에서 직접 가꾼 채소들입니다. 절 뒤란의 남새밭엔 가지, 시금치, 배추, 무, 아욱, 열무 그리고 고수까지 가을 채소들이 풍성하고, 명부전 축담 위에는 따 놓은 누렁호박이 덩이덩이 마무리 햇볕 쬐기를 하고 있습니다. 오신채인 파, 마늘, 부추는 일절 쓰지 않으니 웬만한 채소는 밭에서 나는 것만으로 해결이 되는 셈입니다. 동대문 시장이 지척이고, 절 초입이 창신동 시장이건만 이 작은 절집은 백 년 전의 자급자족 원칙을 이제도 고수하는 가풍을 지켜오고 있습니다.

이윽고 새하얀 무명천이 법당 마당에 드리워지고 영가를 맞이하는

● 죽은 이의 원혼을 달래는 천도제가 경건하고 숙연하게
치러지고 있습니다.

대령의식이 시작되자 공양주는 메를 담기 시작합니다. 밥알 하나 튀어나오지 않게 정성껏 다듬어서 두 손 고이 받쳐들고 법당으로 올라가는데 그 모습이 참 경건하고 숙연합니다.

천도재의 공양 바라지가 끝나자 이제는 신도들의 점심공양 준비를 시작합니다. 밭에서 캐 온 무에 다시마와 표고를 넣고 맑은 국을 끓이고, 시금치도 캐다가 나물을 무칩니다. 풋고추와 빨갛게 익은 고추도 몇 개씩 따 와 한 잎 크기로 잘라 된장 옆에 놓고, 열무김치와 깻잎 장아찌를 곁들였습니다. 영단에 올리고 남은 전과 나물이 있으니 오늘은 찬 종류가 꽤 넘치는 밥상입니다.

그 사이 공양주는 은근한 불 위에 곱돌솥을 올려놓고 노릇노릇한 누

룽지를 일으켜 갈무리하는 것도 잊지 않습니다. 놓칠세라 안양암만
의 스님네 별식에 대해 얼른 물어보았습니다.

"다른 건 없어요. 이 누룽지로 만드는 탕과 누렁호박으로 끓이는 죽
과 전이 전부예요. 곱돌솥 누룽지는 물만 넣고 고소하게 끓여 나이 드
신 스님들께만 올리는 별식이고, 호박은 우리 절에서 좀 많이 따니까
저렇게 갈무리해 놓고 겨울에 죽도 끓이고 전도 부처 법회 날 대중공
양으로 자주 내고 그러는데 다들 좋아합니다. '여름 호박은 반찬, 가
을 호박은 보약'이라는 말도 있잖아요."

● 백 년 전 자급자족 원칙의 가풍이 살아있는 동대문의 보물 같은 암자입니다.

점심공양을 끝내고, 도우미 밥값을 하려고 설거지를 맡았는데 조리 기구들이 참 재미있습니다. 만든 시대도 사용한 소재도 모두 제각각 인데 공통점이라곤 모든 기물이 구색舊色으로만 구색具色이 맞춰졌다 는 것입니다. 찻잔까지도 최하 삼십 년은 써 온 것 같아 기어이 소감 을 털어놓았더니 공양주가 빙긋이 웃습니다.

"우리 공양간엔 돈 주고 사 온 물건이 없어요. 가스레인지도 그릇도 모두 신도들이 쓰다가 갖다주는 거 받아서 이 살림이 됐어요. 남의 거 받았으니까 귀하게 다루고 아끼면서 쓰죠. 저야 다섯 해밖에 안 됐지 만 그 전부터 계속 물려받아 온 거니까 이 시대 저 시대, 고급 물건 싸 구려 물건이 다 모이게 되었고, 그렇게 오다 보니 저절로 구색이 맞춰 진 거예요. 그래도 부족한 건 하나도 없어요."

● 어느 산골 절집 못지않게
안양암의 밭농사는 풍성합니다.

햇살 잦아드는 늦가을 오후, 저녁공양에 쓸 아욱을 뜯으러 간다며 공양주는 플라스틱 소쿠리를 챙겨듭니다. 그런데 의외로 그 색이 잘 어울립니다. 고풍古風의 절집에 합성수지의 현란한 색깔이 조금도 생경하게 느껴지지 않는 것은, 아마도 한 세기 동안 밀어닥친 색의 홍수에도 아랑곳없이 한 살림 온전하게 꾸려온 이 절집의 정신이 거기 오롯이 버티고 있기 때문일 것입니다.

'가을 보약' 누렁호박으로 만드는 안양암 별미 3선

호박죽

재료 • 누렁호박, 멥쌀가루, 소금과 설탕 조금

만들기

1 누렁호박은 껍질을 벗기고 씨를 발라낸 다음 적당한 크기로 잘라 채칼로 밀거나 강판에 간다. 칼로 썰거나 믹서로 갈아도 되지만 이렇게 하는 것이 빨리 익고 영양 손실도 적다.

2 1에 적당량의 물을 붓고 중불에서 30분 이상 끓인다. 호박은 오래 끓일수록 맛과 영양이 좋아지므로 시간을 넉넉하게 하는 것이 좋다.

3 호박이 완전히 익어 전체적으로 부드러운 느낌의 죽물이 되었다고 판단될 때, 끓고 있는 상태에서 멥쌀가루를 풀어 넣고 나무주걱으로 저어주며 쌀가루가 완전히 익을 때까지 끓인다.

4 적당한 농도의 죽이 되면 입맛에 따라 소금과 설탕으로 간을 해서 한소끔 더 끓인 다음 잣을 띄워 담아낸다.

도움말 • 끓고 있는 죽물에 쌀가루를 풀어 넣으면 잘 저어 주어도 덩어리가 좀 생기는데 이것들은 자연스레 옹심이가 되므로 신경 쓰지 않아도 됩니다. 또 쌀가루와 함께 동부나 팥을 넣거나 쌀가루 대신 불린 쌀을 호박과 함께 넣고 끓여도 됩니다. 이렇게 끓이면 묽은 죽을 싫어하는 사람들도 씹히는 맛이 있어 좋아합니다.

호박전

재료 • 누렁호박, 밀가루 혹은 찹쌀가루, 소금과 설탕 약간, 올리브유

만들기

1 누렁호박은 껍질을 벗겨 채칼로 밀거나 강판에 간 다음 소금과 설탕을 조금씩 뿌려 고루 섞는다. 이때 호박 자체의 순한 단맛을 즐기려면 소금만 조금 넣도록 한다.

2 1에 밀가루나 찹쌀가루를 고루 뿌려주며 약간 되직하게 반죽을 한다. 보통 호박 자체에서 나온 수분에 맞춰 반죽을 하면 되는데, 수분이 없는 호박일 경우 물을 조금만 섞되 다른 전을 부칠 때보다는 반죽의 농도를 약간 되직하게 해야 한다.

3 팬에 올리브유를 두르고 2를 한 국자씩 떠 넣고 앞뒤를 뒤집어가며 노릇하게 지져낸다.

도움말 • 밀가루 대신 찹쌀가루를 쓰면 훨씬 맛이 부드럽지만 찰기 때문에 전을 부치는 것이 쉽지 않으므로 반죽을 훨씬 더 되직하게 해야 합니다. 찹쌀가루를 멥쌀가루나 밀가루와 반반씩 섞어 쓰는 것도 좋습니다.

재료 • 누렁호박, 배추, 무와 무청, 배, 생강, 고춧가루, 찹쌀가루, 죽염

만들기

1 누렁호박은 씨를 빼고 껍질을 깎아 깍둑썰기를 하고, 배추는 막김치 담글 때처럼 3~4센티
미터 길이로 썬다. 무청은 억센 겉줄기를 떼어 낸 다음 배추와 같은 길이로 썬다.

2 **1**을 깨끗이 헹구어 연한 소금물에 두 시간 정도 절인다.

3 무는 손가락 굵기로 썰고, 배와 생강은 껍질을 벗겨 곱게 갈아 놓는다.

4 찹쌀가루는 아주 묽게 풀을 쑤어 대충 식힌 다음 따뜻할 때에 고춧가루를 풀어 넣고 완전히
식힌다.

5 **2**를 씻지 말고 그대로 채반에 건져 물기를 대충 뺀다.

6 넓은 대야에 **3**과 **4**와 **5**를 넣고 버무리면서 죽염으로 간을 맞춘 다음 항아리에 차곡차곡 담
아 찬 곳에 보관한다. 보름 정도 지나면 먹을 수 있다.

도움말 • 호박 김치는 김치 자체로 먹는 것보다 찌개로 끓여 먹을 때 맛과 영양이 모두 배가 되므로 양념을 순하게
하고 국물을 자작할 정도로 넉넉하게 담그는 것이 찌개 끓일 때 좋습니다.

호박 김치

오대산 지장암

그 몸과 마음
소독 좀 하소

● 지장암 가는 길, 절집 들머리부터 아름다운 꽃밭이 인사를 건넵니다.

눈부신 가을날, 은빛 계곡으로 난 길을 달립니다. 곧 있어 하늘 가리는 전나무 숲이 나오고, 계곡에는 구름다리까지 놓여 있습니다. 선경으로 들어서듯 조심스레 구름다리를 건너가니 '여기서부터는 차를 놓아두고 삼림욕 하면서 걸어오세요' 하며 흐드러진 개미취 꽃 숲에서 조그마한 팻말이 먼저 인사를 건넵니다. 그 옆, 널따랗게 조성해 놓은 도라지밭에서는 보라색 꽃망울들이 함초롬한 웃음을 머금고 반겨줍니다. 흰꽃, 보라꽃, 참말로 산골새악시 닮은 꽃송이들이 많이도 피어 있습니다. 저 정도면 신도가 좀 많더라도 충분히 자급자족이 될 것 같습니다. 절집의 중요한 식재료 한 가지를 해결할 수 있는 남새밭을 하필 절집 들머리의 아름다운 꽃밭으로 조성해 놓은 마음 씀씀이가 돋보입니다. 짐작컨대 이 절집의 어른 스님은 예사 살림꾼이 아닌 것 같습니다.

하여 시키는 대로 차에서 내려 걷노라니 오대산 맑은 정기가 싸하니 온몸을 감쌉니다. 소름이 돋을 정도로 맑습니다. 맑은 것은 공기뿐이 아닙니다. 경내의 눈길 가닿는 어느 한 곳, 정갈하게 다듬어지지 않은 곳이 없습니다. 행여 세속에서 묻어온 티끌 한 점 흘리지나 않을까, 사뭇 몸가짐이 조심스러운데 길가 야생화 꽃밭에서 또 다른 팻말이 인사를 합니다.

'마디풀 꺾지 마세요.'

괜스레 부끄러워집니다. 마디풀의 효능이 알려진 이후 전국의 마디풀들이 수난당하고 있는 그 소식이 아마도 이 깊은 절집까지 전해진 모양입니다. 몸에 좋다면 기를 쓰고 취하려는 중생의 탐욕에 비해 스님들의 대응책은 너무 간단하고 애교스럽기까지 합니다. 물론 그 정도의 충고로 중생의 욕망이 단속된다면 더할 수 없이 좋으련만……

● 지장암 스님들의 밭고랑 농사가 한창입니다.

몇 걸음 더 가자 이번에는 쓰레기 버릴 곳을 알려주는 화살표 팻말이
눈에 들어옵니다. 그리고 보니 드넓은 경내 어디에도 비치된 쓰레기
통이 안 보입니다. 절 입구에서부터 친절한 팻말의 안내를 받고 온 터
라 발길은 자연스레 화살표를 따라갑니다. 공양간과 쓰레기는 불가
분의 관계이기도 하거니와 쓰레기 처리 문제는 이미 오래전부터 우
리 사회가 안고 있는 공통의 화두 아니겠습니까. 신도가 늘어나고 먹
을거리가 흔해지면서 절집이라고 예외는 아닙니다. 신도들을 통해
묻어온 온갖 쓰레기들이 점점 늘어나고 있기 때문입니다.

궁금증을 안고 화살표를 따라가니 먼저 널찍한 남새밭이 나옵니다.

순간 감탄이 절로 나옵니다. 반듯하게 구획 지어진 밭고랑마다 꽃보다 아름다운 채소들이 풍성하게 가꿔져 있습니다. 입구의 도라지밭도 그랬는데 이곳도 영락없는 꽃밭입니다. 씩씩한 토란대 아래 방울토마토가 빨갛게 익어가고 배추, 아욱, 깻잎, 고추, 호박이 색깔도 어울리게 밭 하나씩을 장식하고 있습니다. 그중 제일 큰 열무밭엔 아직 어린잎과 중간치 두 종류가 열을 맞춰 자라고 있고, 절반 정도 뽑혀나간 중간치 열무밭엔 또 다시 씨를 뿌려놓았습니다. 아마도 이 절집의 밥상에서 열무김치가 빠지는 날은 없을 것 같습니다. 재미있게도 남새밭만 보고도 이 절집의 공양간 살림 속내를 절반은 알겠습니다. 이 정도의 밭 규모이면 바로 옆의 산에서 나는 먹을거리들과 함께 절집의 반양식(반찬)은 충분히 해결될 것입니다.

쓰레기 처리장은 남새밭 한쪽에 마련돼 있었습니다. 겉으로 보기에

● 맑은 정기가 흐르는 오대산 길,
티끌 한 점 흘리지 않을까 몸가짐이 절로 조심스럽습니다.

는 밭에서 나는 수확물을 갈무리하는 저장고로 보일 정도로 건물이
반듯하고 규모도 큽니다. 그뿐만 아니라 쓰레기를 조목조목 나누어
처리할 수 있도록 건물 구조가 세분화돼 있는 것도 놀랍습니다.

크게는 일반 쓰레기 처리장과 음식물 쓰레기 처리장 시설로 나누고,
일반 쓰레기 처리장은 다시 재활용품 보관실과 폐기물 보관실로 나
누었으며, 재활용품은 또 다시 병과 고철, 플라스틱 등등으로, 그리고
폐기물은 소각 가능한 것과 소각할 수 없는 것으로 세분하여 각각의
시설을 따로 해 놓았습니다. 소각할 수 없는 폐기물 보관실에는 폐 운
동화, 형광등, 깨진 그릇 등이 분리되어 있고, 심지어는 소각로에서
나온 잡쓰레기까지 따로 모으도록 해 놓았습니다. 그 옆에 이것들이
일정량이 되면 자루에 담아 보관하는 장소를 정해 놓고, 그 자루를 묶
을 때 쓰는 폐 노끈을 모아두는 칸도 따로 있습니다. 그런데 정작 모

여 있는 쓰레기는 별로 없습니다.

남새밭 한쪽 공터에 널찍한 '두엄밭'으로 꾸며져 있는 음식물 쓰레기 처리장도 예외는 아닙니다. 이곳에선 쉽게 썩지 않는 것과 잘 썩는 것을 분리하고, 썩는 것 중에서도 줄기가 억세거나 독성이 있는 것은 숲 속 멀리 흩어서 버릴 것을 팻말에 명시해 놓아 마지막 처리까지 철저히 단속하고 있습니다. 모든 과정이 너무도 엄연해서 살펴보는 속인은 입도 벙긋거려지지 않습니다.

그렇게 철저하게 단속하지 않는다 해도 남새밭 옆의 쓰레기 처리장은 참으로 좋은 방법 같습니다. 한쪽에선 먹을거리가 생산되고, 한쪽에선 먹고 남은 찌꺼기들이 처리되며, 그것들은 다시 재와 두엄이 되어 옆의 채소밭으로 돌아갑니다. 너무도 자연스러운 순환입니다. 그런데 이것은 이미 오래전부터 우리 조상들이

실천해 온 삶의 지혜였습니다. 다만 필요성이 큰 세간에서는 오히려 잊고 살고, 삶 자체가 간결하여 그럴 필요성이 별로 없는 절집에서는 이리 잘 지키고 있는 것입니다.

이래저래 기대치는 점점 올라갑니다. 이리 엄하게 단속되고 있는 가풍일수록 공양간 살림도 짭짤한 법이니까요.

후원으로 가는 도중에도 또 재미있는 안내문을 만났습니다. 속인들이 드나드는 앞문에는 '다람쥐 들어오니 문을 꼭 닫아주세요' 란 글귀가, 그리고 스님들이 드나드는 좌우 옆문에는 고양이 猫(묘)자가 거꾸로 붙어 있습니다. 공양간을 노리는 오대산의 다람쥐들을 경계시키려고 큰스님이 써 붙인 방책이랍니다. 살생을 금하는 불가에서 나옴직한 발상이지만 참 재미있습니다. 보고 있자니 거꾸로 붙어 있는 猫

● 따사로운 햇볕을 맞으며 다람쥐 한 마리도 알뜰살뜰 공양 중입니다.

자가 점점 진짜 고양이처럼 보이기도 합니다. 네 발을 유리문에 짝 벌리고 거꾸로 서서 버티고 있는 고양이가 무섭기도 하고 우습기도 합니다. 와중에도 다람쥐들은 연방 후원 담을 오르내리며 기회를 노리고 있습니다.

지장암의 공양간은 의외로 넓고 시설도 현대식으로 잘 갖춰져 있습니다. 산속이지만 나무를 땔 수가 없으니 어쩔 수 없는 변화였습니다. 원주 스님을 비롯한 소임 스님 세 분과 공양주 보살이 함께 점심공양 준비를 하다가 뜨악해 합니다. 대쪽 같은 주지 스님이 늘 하던 대로 하라고, '염탐꾼'이 온다는 것을 귀띔조차 하지 않은 모양입니다.

비구니 사찰은 공양간 법도도 꽤나 까다롭습니다. 더욱이 오대산 남대의 지장암은 '한수이북漢水以北 제일 비구니선원'을 경영하는 곳입니다. 그런 공양간에서 절의 살림을 총감독하는 원주 스님이 직접 공양을 짓고 계시니 불청 중생의 몸가짐이 절로 사려집니다.

원주 스님과 별좌 스님의 허락을 받고, 조심스레 공양간 사정을 둘러보았습니다. 돌아볼수록 비구니 스님들의 야무진 솜씨가 돋보이는 살림살이입니다. 일주문을 들어서는 순간부터 느껴오던 것이었지만, 여느 절집과는 확연하게 차별되는 가풍이 다시 한 번 느껴집니다. 속인의 기웃거림에도 소임 스님들은 일 점 흐트러짐 없이 각자의 맡은 일을 하고 있습니다.

● 빙긋이 웃는 스님의 미소가 야생화의 향기와 함께 오대산 곳곳에 퍼지는 듯합니다.

● 오늘의 점심공양은 산사의 최고영양식인 두부 채소 전골입니다.

오늘 점심공양은 두부 채소 전골입니다. 무, 표고, 다시마, 고추를 두 시간 이상 우려낸 맛국물에 두부와 버섯, 채소를 넣고 끓이다가 수제비나 국수 등의 사리를 넣고 얼큰한 양념장으로 맛을 내는 산사의 최고 영양식입니다. 버섯과 채소는 저장고 사정에 맞춰 가짓수를 정하고, 양념장은 고춧가루, 참기름, 국간장, 깨소금으로 얼큰하면서도 담백하게 만듭니다. 여기에 수제비나 국수, 만두 등의 사리를 곁들이는데 요즘은 녹차라면을 쓰기도 합니다.

오늘 두부 채소 전골에는 오대산에서 딴 표고와 밭에서 키운 애호박과 깻잎, 풋고추와 붉은 고추, 홍당무, 양배추, 브로콜리, 그리고 묵은 배추김치를 곁들여 오행의 다섯 가지 색을 맞추었습니다. 다듬은 재료를 전골냄비에 가지런히 놓고, 맛국물을 조금 부어 끓기 시작하면 위에 양념장을 얹고 필요한 양의 맛국물을 더 부어 마무리 간을 봅니

다. 그 사이 두릅나물과 김치, 장아찌 등속의 밑반찬이 차려지고, 보글거리는 전골냄비엔 녹차라면 사리로 마무리를 했습니다.

이윽고 대중 스님들의 공양이 시작됐습니다. 지장암의 최고 어른이신 주지 정안 스님도, 출가 한 달째인 신참 행자승도, 나란히 둘러앉아 함께 먹고 각자 설거지를 하는 대중공양이었습니다.

점심공양에 나온 밑반찬들이 어찌나 맛깔스럽고 정갈한지, 다시금 원주 스님을 붙잡고 청을 했습니다. 마침 휴식 시간이 좀 있다며 냉장고와 지하저장고에 갈무리하고 있는 저장 반찬들을 대강씩 보여줍니다. 두릅이며, 곰취며, 신선초며, 오대산에서 나는 산나물들이 계절별로 다 갈무리돼 있는데 장아찌 종류만도 열 가지가 넘습니다. 자연에서 직접 채취한 재료를 수행의 정성으로 만들었으니 그 맛의 깊이를 어찌 세간의 것과 비교할 수 있겠습니까만, 그래도 혹시 따라 할 수 있는 비법이 숨었을까 싶어 염치불구 갈무리하는 방법들을 일일이 캐물었습니다.

웰빙입네, 슬로우 푸드입네, 참살이의 방편을 찾아 기어이 절집 공양간까지 쳐들어온 세속 중생의 의도를 꿰뚫고 있다는 듯, 원주 스님은 빙긋이 웃으며 일일이 답을 해 줍니다.

오후에는 지장전 법당을 소독하는 울력이 시작됐습니다. 해마다 요 맘때가 되면 치르는 지장암의 연례행사라고 합니다. 지장전 법당 마루 밑에 숨겨 놓은 옛 아궁이를 열고, 동굴처럼 깊은 나뭇광(땔나무를 모아두는 곳)으로 땔감들이 옮겨졌습니다. 어른 두세 명이 기어들어갈 수 있을 만큼 큰 아궁이가 양쪽 두 개나 있습니다. 촛농 불쏘시개로 장작에 불을 붙이자 잔뜩 습해져 있던 아궁이에서 연기가 치솟습니다. 불을 지피느라 눈물 콧물 범벅이 된 행자승이 짐짓 엄살을 피우자

정안 스님은 당신이 걸어온 옛 시절 소식을 들려줍니다. 바로 이 아궁이에 가마솥을 걸고, 끼니때마다 불을 지펴 공양을 짓고 국을 끓여 어른 스님들을 시봉했던 옛이야기가 연기를 타고 솔솔 피어오릅니다. 감자 한 개와 고구마 한 개를 끼니로 삼던 시절, 그것들을 삶다가 태운 것도 죄가 되어 날마다 바늘방석이었다는 큰스님의 수행담에 모두들 숙연해집니다. 추상같이 단속하고 자애롭게 보살펴 주던 은사 스님들의 지혜로운 가르침도 전해 줍니다. 그 가르침을 잊지 못해 낡은 전각을 고쳐 지으면서도 하필 법당 마루 밑을 차지하게 된 옛 공양간의 아궁이 두 개를 없애지 않고 모셔두게 된 사연도 털어놓습니다. 고달프고 배고픈 시절이었기에 오히려 힘든 줄 모르고 부처님 공부에 매진했던 그 뿌듯함이 자랑스럽다고, 행주좌와 어느 한순간도 단속하지 않으면 달아나는 티끌 같은 그 마음을 그런 매진 없이 어찌 닦

을 수 있겠느냐고, 어른 스님은 조곤조곤 설법을 펴고 있습니다. 울력이 아니라 옛 공양간에서 옛 스님들의 수행 소식을 전해 주는 진지한 법강입니다.

옛 은사 스님으로부터 그 가르침을 고스란히 이어받은 주지 스님은 진작에 용도 폐기된 아궁이 두 개를 참 요긴하게도 써먹습니다.

어느새 법당 안엔 연기가 자욱합니다. 바닥의 나무들은 불길을 쐬어 묵은 습기를 가셔주고, 벽과 천장의 나무들은 연기를 쐬어 틈새의 벌레들을 퇴치해 주는 두 가지 효과가 있습니다. 단순히 공양을 짓는 그 일이 목조건물을 건사시키는 지혜로운 방법이었음을 누누이 강조하

던 정안 스님이 갑자기 숯검뎅이를 집어들고 스님들을 안으로 몰아
세웁니다.

"스님들도 그 몸과 마음 소독 좀 하소!"

한바탕 웃음소리가 울려 퍼지는가 싶은데, 어른 스님은 어느새 총총
히 마당을 가로질러 가고 있습니다. 장작 한 개비도 아끼고 촌음도 아
끼거라. 스님의 뒷모습이 그렇게 말하고 있는 것 같습니다. 아마 옛
시절의 은사 스님도 꼭 저러했으리라. 오대산 남대 지장암, 도도한 가
풍의 뿌리가 거기 있는 것을 봅니다.

원주 스님이 소개하는
지장암의 저장 반찬

두릅나물

재료 • 두릅, 소금, 고추장, 참기름, 통깨

만들기

1 두릅은 따 온 즉시 소금물에 살짝 데쳐 찬물에 헹군다.

2 물기를 꼭 짜서 한데 엉기지 않도록 잘 털어준 다음 적당량씩 싸서 냉동실에 보관해 둔다.

3 필요할 때마다 조금씩 꺼내 고추장, 참기름, 통깨로 양념을 하여 무치거나 볶아 먹는다.

도움말 • 두릅은 수행하는 스님들의 '보약' 이라고 할 정도로 각종 영양소가 고르게 들어 있는 산나물입니다. 단백질이 풍부하고 지방, 당질, 섬유질, 인, 칼슘, 철분, 비타민(B1 · B2 · C)에 사포닌까지 들어 있으며, 혈당을 내리고 신장과 위장을 보하는 약성을 지녔습니다. • 싱싱한 두릅을 소금물에 살짝 데쳐 얼려두면 일 년이 지나도 향과 색이 그대로 살아 있습니다.

재료 • 누릿대, 소금, 고추장

만들기

1 봄에 나는 어린 누릿대를 깨끗이 헹군 다음 소금물에 담가 삭힌다.

2 잎이 충분히 부드러워졌다 싶으면 소쿠리에 건져 물기를 빼고 그늘에서 말린다.

3 잎이 꾸들꾸들하게 마르면 고추장을 넉넉하게 넣고 충분히 버무려 준다.

4 오지그릇에 담아 입구를 잘 봉한 다음 서늘한 저장고에서 숙성시킨다.

도움말 • 고추장으로 만드는 장아찌는 무엇보다도 고추장 맛이 장아찌의 맛을 결정합니다. 더구나 장아찌는 장기간 저장하면서 먹는 반찬이므로 잘 숙성된 맛있는 고추장을 골라 양을 넉넉히 해서 담그는 것이 중요합니다.

누릿대 장아찌

곰취 장아찌

재료 • 곰취의 어린잎, 진간장, 식초, 황설탕, 조리용 청주

만들기

1 곰취는 봄에 나는 연한 잎을 골라 깨끗이 헹궈 물기를 없애고 적당량씩 묶음을 만든다.

2 진간장에 식초와 황설탕, 조리용 청주를 아주 조금씩 섞어 입에 맞는 장아찌 간장을 만든다.

3 오지항아리에 1을 차곡차곡 담고 돌이나 대나무발로 잘 눌러준 다음 잎이 충분히 잠기도록 2의 간장을 붓고 입구를 봉하여 서늘한 곳에서 숙성시킨다.

4 일주일 정도 지나면 간장을 모두 따라내 끓인 다음 식혀서 부어주고, 같은 방법으로 두세 번 더 끓여 붓기를 해 준 다음 서늘한 곳에 보관하면서 먹는다.

도움말 • 산나물 중에 으뜸인 곰취는 특히 오대산 곰취를 최고로 칩니다. 맛과 향이 빼어나 나물과 쌈으로 많이 먹지만 장아찌로 담가 놓으면 사철 그 맛과 향을 즐길 수 있어 예부터 산사에서는 곰취 장아찌를 '대표 반찬'으로 꼽았습니다. • 장아찌 간장에 식초와 황설탕, 조리용 술을 조금씩 섞어주면 맛이 부드러워지고 쉽게 변질되지 않아 장기간 저장할 수 있습니다.

재료 • 신선초의 어린잎, 진간장, 식초, 황설탕, 조리용 청주

만들기

• 곰취 장아찌와 같은 방법으로 담근다.

도움말 • 신선초는 우리나라에서 오대산과 울릉도 두 곳에서만 나는 매우 희귀한 산나물입니다. 곰취와 마찬가지로 맛과 향이 빼어나 제철에는 나물과 쌈으로도 먹지만 너무 귀한 것이라 주로 장아찌를 담가 사철 아껴가며 먹는데 이름만큼 맛과 향과 효능이 신비해서 미각에 초연한 스님들 사이에서도 종종 회자되는 독특한 산나물입니다.

신선초 장아찌

도라지 장아찌

재료 • 도라지, 고추장

만들기

1 도라지는 깨끗이 씻어 물기를 없앤 상태에서 껍질을 벗겨 햇볕에 살짝 말린다.

2 전체적으로 수분이 증발하여 꾸들꾸들해지기 시작하면 고추장을 넉넉하게 넣고 고루 버무려준다.

3 오지항아리에 꼭꼭 눌러 담고 입구를 잘 봉하여 서늘한 곳에서 숙성시킨다.

도움말 • 도라지를 햇볕에 너무 오랫동안 말리면 질겨서 좋지 않고, 너무 덜 말리면 물기가 나와 맛이 나빠지고 저장도 어려워지므로 말리는 정도를 잘 조절하는 것이 필요합니다.

재료 • 김장배추, 소금, 감자, 무, 생강, 밤, 대추, 풋고추, 붉은 고추, 미나리, 당근

만들기

1 김장배추는 통째 깨끗이 씻어 소금물에 절인다.

2 생수에 감자와 무를 적당량 넣고 생강즙과 소금으로 간을 보아 끓인다.

3 2의 국물에 맛이 우러났다 싶으면 건더기를 건져내고 국물만 식혀 놓는다.

4 생강, 밤, 대추, 풋고추, 붉은 고추, 미나리, 당근은 깨끗이 씻어 물기를 없애고 채를 썰어
  고명을 만든다.

5 절여진 배추를 그대로 건져 물기를 뺀 다음 잎을 벌려 사이마다 4의 고명을 골고루 끼우고
  포기를 잘 감싸 고명이 흘러나오지 않도록 한다.

6 오지항아리에 5를 차곡차곡 담고 3의 국물을 배추가 잠기도록 부어 준다.

7 항아리의 입구를 한지나 베로 잘 봉해 서늘한 곳에서 숙성시킨다.

도움말 • 보름 정도 지나면 먹을 수 있는데 빨리 먹을 것은 간을 좀 싱겁게 맞추고, 장기간 저장해 둘 것은 국물 간
을 좀 짜게 맞춥니다. 고명의 종류와 양도 장기 저장용은 좀 적게 하는 것이 좋습니다.

백김치

좋다는 걸
몸이
먼저 압니다

● 사람들의 발길이 사철 끊이지 않는 수종사

남양주 운길산 8부 능선께에 있는 수종사는 전망 좋기로 소문난 절입
니다. 경내 어디에서건 남한강과 북한강 물이 하나로 만나는 두물머
리의 조화로운 풍경을 그윽하게 굽어볼 수 있습니다. 더욱이나 그 전
망 좋은 터에 무료 다실茶室까지 차려 놓아 소문을 듣고 찾아오는 사
람들의 발길이 사철 끊이지 않습니다. 당연히 법회가 있건 없건 공양
간이 붐빌 수밖에 없습니다. 그런 사정을 좀은 알고 있는 터라 법회도
없고 휴일도 아닌 날을 고르고 골랐건만 공양간 안은 여느 날 못지않
게 분주합니다. 공교롭게도 오늘은 백 명 가까이 되는 성지순례단이
찾아오는 날이라고 합니다.

경내 어디에서나 두물머리의 그림 같은 풍경이 조망되는 절집답게
수종사의 공양실은 전망이 아름답습니다. 차를 즐기는 삼천헌三泉軒도

● 두물머리의 그림 같은 풍경이 펼쳐지는 수종사의 무료 다실입니다.

그렇지만 대중이 함께하는 공양실도 한쪽 벽면이 시원스런 통유리로
돼 있습니다. 절집에서는 보기 드물게 바깥 풍경을 감상하며 공양을
할 수 있는 구조입니다. 멀리로는 두물머리의 평화로운 풍경이, 가까
이로는 운길산의 짙은 녹음이 손에 잡힐 듯 방 안으로 들어옵니다. 그
렇다고 전망만 좋은 것은 아닙니다. 건물이 앉은 산비탈을 최대한 활
용하여 효율적인 공간 배치를 했습니다. 숲 그늘에 둘러싸인 맨 아래
층은 식재료의 저장고로 쓰고 있는데 김치 정도는 사철 두어도 맛이
변하지 않을 정도의 자연 냉장고이고, 그 위에 있는 장독대는 우거진
나무들이 내뿜는 기운과 숲이 조절해 주는 태양열을 받아 장맛이 기

좋
다
는
절
몸
이
먼
저
압
니
다
……

● 수종사 공양간 명성을 20년 넘게 책임지고 있는 터주보살입니다.

막히게 숙성되는 자연 장공장입니다. 우리 음식의 기본이라고 하는 장맛과 김치맛을 수종사에선 공양간 짜임새로 절반 이상 해결해 놓고 있는 셈이지요. 사정이 이러한데 어찌 음식 맛이 좋지 않을 수 있겠습니까. 수종사를 다녀간 불자들 사이에선 음식 맛 빼어난 절집으로 이미 정평이 나 있습니다. 물론 공양간 명성에 걸맞게 손맛 빼어난 공양주도 있습니다. 그 주인공들이 지금 공양간에서 분주히 움직이고 있습니다. 한 보살은 젊었고 한 보살은 늙었습니다. 젊은 보살은 사찰 음식에 관심이 많아 그 공부도 할 겸 해서 2년 계약으로 와 있는 소임 공양주이고, 나이 든 보살은 현업의 아름다운 마무리를 위해 20년 넘게 수종사 공양간 살림을 돕고 있는 터주보살입니다. 그런 두 사람이 척척 손길을 맞춰 백 명분의 공양을 준비하고 있습니다.

행여 방해가 될세라 조심스레 들여다보니 젊은 보살은 점심공양 짓

기의 주된 일들을 하고, 노보살은 여유롭게 당장의 점심공양과는 상관이 없는 자잘한 일거리들까지 처리해 가며 틈틈이 젊은 보살이 무친 나물 맛도 보아주고 텃밭에 나가 청국장찌개에 넣을 풋고추도 따다 주는 등 여러 가지 소소한 바라지들을 하고 있습니다. 마치 며느리에게 살림을 맡겨놓고 당신은 그 시중을 들면서 솜씨도 전수하고 감독도 하는, 대단히 지혜롭고 자애로운 시어머니 같습니다. 하지만 일절 참견은 하지 않습니다. 세간사 따위는 이미 초탈한 듯 침묵과 미소로 일관하며 자분자분 자기 일에 열중하고 있을 뿐입니다. 젊은 공양주 역시나 수더분한 며느리 모습입니다. 그 바쁜 와중에도 완성된 반찬마다 일일이 노보살로부터 맛 인가를 받고서야 다음 과정으로 넘어갑니다. '맛이 됐다'는 칭찬을 받을 때 소녀처럼 기뻐하고 간이 좀 부족하다는 지적을 받을 땐 신중하게 보완하면서 오순도순 손길을

18 나한상이 모셔져 있는 바위굴 속에서 떨어지는 물방울 소리가 청아한 종소리 같다 하여 수종사라는 이름을 얻게 되었습니다.

● 전망 좋은 공양실에서 받아든 점심공양에 저절로 탄성이 나오고 말았습니다.

맞춰 어느새 백 명분의 점심 준비를 뚝딱 만들어냅니다. 정말 일도 아니라는 듯이.

콩나물, 무생채, 취나물로 된 삼색나물 비빔밥에 구수한 청국장을 곁들인 점심공양이 전망 좋은 공양실에 아름다이 차려졌습니다. 두물머리 그윽하게 굽어 보이는 방에서 청정한 음식을 받아든 사람들은 그 행복감에 기어이 탄성들을 지르고야 맙니다. 세간에서 먹던 바에 비하면 단출하기 짝이 없는 상차림이건만 제게 좋다는 걸 몸이 먼저 알기에 그러할 것입니다. 변하지 않은 청국장 맛을 찬탄하는 소곤거림도 들립니다.

맛도 깊은 수종사표 청국장은 당연 노보살의 솜씨입니다. 수종사에선 해마다 시월 보름이면 콩을 서 말씩이나 띄워 일 년치 청국장을 한

꺼번에 만들어 별도의 냉동고에 갈무리해 두고 쓰는데 그 힘든 노역을 여든 살이 넘은 노보살이 도맡고 있는 것입니다.

노보살은 유난히 가녀린 몸매에 얼굴이 아이처럼 해맑고, 웬만한 의사 표시는 잔잔한 미소로 대신할 만큼 말수도 적습니다. 그런 어른이 환갑잔치 뒤끝에 불공을 드리러 수종사를 찾았다가 타고난 솜씨와 바지런한 성품으로 하여 그냥 앉았지 못하고 잠깐 손품을 보시한 것인데 그 인연이 어언 20년을 넘겼습니다. 함에도 당신은 하는 것이 아무것도 없고, 살림은 어디까지나 소임 공양주의 소관으로 당신은 힘닿는 데까지 뒷일이나 거들어주는 허드렛일꾼임을 못 박습니다. 그 품새가 영락없는 보살입니다. 노년을 그리 아름다운 선업으로 살아 그러한지, 아니면 본래 마음자리가 선하여 그러한지, 욕망이라곤

기미도 보이지 않는 그 얼굴이 차마 마주하기 송구스러운데, 외중에도
노인은 장독대로 텃밭으로, 자분자분 일을 찾아 움직이고 있습니다.

젊은 공양주는 또 그대로 제 할 일을 하고 있습니다. 비록 월급을 받
으면서 하고 있으되 살림을 도맡은 이상 한구석이라도 허투루 할 수
없는 성정인 듯 손길이 정성스럽습니다. 남은 음식 재료와 다음 끼니
에 필요한 음식 재료를 하나하나 챙겨보고, 솜씨를 부려 되살려 쓸 수
있는 거리들은 다시 한 번 다듬어 보관을 합니다. 덜어낸 산초, 방아,
깻잎 등의 저장 반찬 통들도 맛이 변하지 않도록 꼼꼼하게 손을 보아
갈무리를 하고, 맛국물 내는 데 썼던 표고버섯까지 죄 건져내 잘게 썰
어서는 고명용으로 쓸 거라며 냉장고 귀퉁이에 살뜰히도 쟁여둡니

다. 그런 다음 텃밭으로 나가 노보살과 함께 오순도순 이야기 나누며 텃밭을 돌봅니다. 아니 둘이 함께 어울려 놀고 있습니다. 이 텃밭과 주변 숲에서 절집에서 쓰는 식재료의 대부분을 거두고 있음이 못내 기꺼운 듯 자랑도 길게 늘어놓습니다.

아쉬운 발길을 돌리는데 장독대 위에 널어놓은 대추 소쿠리에 청설모 한 마리가 붙어 앉아 볼때기가 미어터지도록 대추를 갉아먹고 있습니다. 그러거나 말거나 두 보살은 호호 하하, 텃밭에서의 놀기를 멈추지 않습니다. 참 여유롭고 다정스런 풍경입니다.

수종사 공양주가 소개하는 밑반찬

청국장

재료 • 메주콩, 소금, 지푸라기, 고춧가루

만들기

1 메주콩은 깨끗하게 씻어 하룻밤 물에 불린 다음 푹 삶는다.

2 솥 안에서 불그죽죽하게 변할 때까지 뜸을 들인 다음 소쿠리에 퍼 담아 한숨만 식혀 주고, 뜨뜻한 상태에서 깨끗이 씻어 말린 지푸라기를 서너 군데 박아 비닐과 담요를 두 겹으로 씌운다.

3 60도 정도의 뜨뜻한 방에서 2박 3일 정도 띄워주면 되는데 잘 띄워진 청국장일수록 점액질 실오라기들이 풍성하게 피고 색도 깨끗하다. 여기에 소금과 고춧가루로 옅은 밑간을 해서 절반 정도만 으깨지도록 절구에 찧은 다음 한 끼 분씩 빚는다.

4 하루 정도 밖에다 두어 겉이 꾸들꾸들하게 마르면 냉동고에 보관해 두고 한 덩어리씩 꺼내 녹인 다음 버섯과 무, 두부, 청양고추 등의 필요한 부재료를 넣고 찌개를 끓여 먹는다.

도움말 • 청국장은 좋은 메주콩으로 띄우기만 잘해도 요리할 때 별도의 부재료가 필요 없는 별미 반찬입니다. 수종사 청국장은 아래 마을에서 나는 토종 메주콩을 구해서 쓰는데 해마다 음력 시월 보름 경에 메주콩 서 말로 청국장을 띄워 일 년 치를 한꺼번에 만들어 저장해 두고 씁니다. 이 얼린 청국장을 녹여 버섯과 무, 두부, 청양고추만 썰어 넣고 담백하게 끓이는 것이 소문난 수종사표 청국장 맛의 비결입니다.

재료 • 방아잎, 진간장, 국간장, 물엿, 푸른 청양고추, 붉은 청양고추

만들기

1 방아잎을 깨끗이 씻어 물기를 없애고 한 잎씩 가지런히 펴 적당한 묶음을 만든다.

2 오지항아리나 유리단지에 차곡차곡 쟁이면서 푸르고 붉은 청양고추를 잘게 다져 군데군데 고명으로 얹어 준다.

3 국간장과 진간장, 생수를 같은 양으로 간을 맞춘 다음 물엿을 넣고 끓여서 식혀 붓기를 3일 간격으로 3회 정도 해 주고, 서늘한 곳에 보관하면서 먹는다.

도움말 • 방아는 경상도 지방에서 주로 양념으로 즐겨먹는 향 채소의 하나인데 들깨보다 향이 더 강한 토종 허브 식물입니다. 강한 향 때문에 단독 반찬으로는 잘 만들지 않고 주로 다른 재료의 냄새를 없애고자 할 때 부재료로 씁니다. 이런 방아를 장아찌로 만들 생각을 해낸 건 순전히 젊은 공양주의 아이디어였습니다. 음식 연구가 취미이다 보니 여름철 텃밭에 지천으로 피어나는 방아를 그냥 두기가 아까워 그런 생각을 하게 되었다고 합니다. • 장아찌로 담근 방아는 강한 향기가 은은해져 들깻잎 장아찌보다 오히려 맛이 좋습니다. 방아의 성분이 피를 맑게 하고 두통을 낫게 하는 효능이 있어 최근에 장복하려는 사람들이 많은데 방아 장아찌가 좋은 방법인 것 같습니다. • 요즘은 냉장고가 있으므로 장아찌라고 굳이 짜게 해서 장기간 저장할 게 아니라 적은 양으로 간을 슴슴하게 만들어 제때 먹는 보통 반찬으로 만들 것을 권합니다.

방아잎 장아찌

가난한
절집의
막장
담그던 날

● 대웅전 문창살, 겨울 햇볕이 넉넉히 비추고 있습니다.

누군가 귀뜸했습니다. 강원도 양구 사명산 중턱에 아직도 가마솥에 장작불로 공양 짓는 절집이 있다고. 저 가난했던 시절 옹색한 살림살이 그대로, 꾸미지 않고 변하지 않은 절집 하나 남아 있다고…….

미처 전화 연락도 못한 채 무작정 흥덕사를 찾아 나섰습니다. 소양호의 후미진 곳, 수인리에서 차를 내려 절집으로 올라가는 산길은 몹시도 춥고 미끄러웠습니다. 어둑새벽에 나선 걸음이라 배에서는 꼬르륵 소리가 나는데 사십여 분 거리의 오르막 눈길은 영 줄어들지를 않습니다. 하필 체감 온도가 영하 20도를 웃도는 고약한 날씨였습니다. 절집에서 얻어먹을 따뜻한 공양 한 끼가 이렇게 그리운 적도 없었습니다. 이윽고 풍경소리 들리는 좁은 길 끝에 절집이 나타났습니다. 흥덕사란 표석과 풍경소리만 아니라면 옛 화전민의 집인 줄 알고 그냥 지나

치고 말 허름한 건물입니다. 꾸밈이라곤 찾아 볼 수 없는 본연의 토굴입니다.

단청은커녕 흙담 무너질까 되레 걱정되는 초라한 산골집, 누군가의 귀띔은 있었지만 막상 그 정경을 목도하고 보니 아연하기 짝이 없습니다. 이 물질의 시대에 아직도 이런 절집이 남아 있다니, 그저 놀랍고 반갑고 고마웠습니다.

낡은 함석지붕 위로 하얀 연기 폴폴 피어오르는 굴뚝, 꼬리치며 달려 나오는 삽살개와 누렁이, 숯검뎅이 시커멓게 그을어 있는 군불 때는

아궁이, 기억조차 아득한 불당그레(쓰고 남은 불덩어리나 재를 긁어내는 당그레)와 재숟가락(재를 퍼담는 숟가락)과 부지깽이와 솔갈비(소나무의 마른 잎. 주로 불쏘시개용으로 씀)…… 모두가 정겨워서 코끝이 시큰거렸습니다. 그런데 이 무슨 고마운 인연인지, 마침 오늘이 이 조촐한 절집의 장 담그는 날이랍니다.

60년대식 어둑한 부엌에서 늙은 공양주 보살은 고추장을 치대며 염불을 하고 있고, 젊은 주지 스님은 눈길을 더듬어 나뭇단의 장작을 져다 나르면서 게송을 읊고 있습니다. 스님 한 분에 신도 셋, 개 세 마리와 고양이 두 마리가 동참한 흥덕사의 올 장 담그기 울력은 그렇게 시작되고 있었습니다.

부엌을 들여다보니 반질반질한 부뚜막 위에 까만 가마솥 세 개가 나란히 걸려 있습니다. 아궁이 하나에 대, 중, 소, 세 개의 가마솥을 걸

어 밥과 국과 물 데우기를 한꺼번에 해결해 버리는, 참 지혜로운 강원도식 전통 조리대입니다.

큰 가마솥엔 막장에 쓸 보리밥이 뜸 들어가고 있고, 중간 가마솥엔 엿기름물이 보글보글 끓고 있는데, 이쪽 제일 가장자리의 가마솥에선 불기운만으로 물이 데워지고 있습니다. 구수한 보리밥 익는 냄새와 달큰한 엿기름 향과 아궁이에서 타닥거리고 있는 느릅나무 향이 절집이 아니라 마치 산골 고향집에 와 있는 것 같은 아련한 향수를 불러일으킵니다.

조촐한 찬장 아래 칸에는 곰취와 다래순, 무시래기 등을 담아 놓은 나물 대야가 나란히 놓여 있고, 처마 끝에 대롱거리는 자루들에는 겨우

● 대롱대롱 겨우살이 매달린 흥덕사는 절집이 아니라
마치 산골 고향집 같았습니다.

살이며 표고버섯이며, 사명산에서 채취한 순 자연산 먹을거리들이 정갈하게 갈무리되어 있습니다. 지난봄부터 차곡차곡 장만하였을 노보살의 공력을 치하하자 뜻밖에도 고개를 흔듭니다. 나물들은 모두 스님이 손수 산에서 따오고 밭에서 길러 갈무리까지 직접 해 놓은 것이라고요.

"산골 절집이라 김장에다 고추장과 된장만 담가 놓으면 반찬 걱정은 끝인데 공양주라고 뭐 그리 할 일이 있겠소? 한 분 계신 스님은 선식만 드시고, 초파일에도 찾아오는 신도는 예닐곱 명밖에 안 되는 가난한 살림인데……."

잔주름 곱게 늙어 천생 보살 같아 보이는 이금수 보살은 알고 보니 흥덕사에 매인 공양주가 아니었습니다. 양구 읍내에서 식당을 경영하고 있는 아들네의 일을 돕다가 일 년에 두어 차례 백일기도를 하러 올

라와 있을 때만 공양주를 자처하여 밤에는 기도하고 낮에는 절집 살림을 돌보는, 말하자면 자원봉사 공양주인 셈이었습니다.

"지금은 소양댐에 수몰이 돼 버려 몇 집밖에 안 남아 있지만, 흥덕사는 옛날부터 저 아래 수인리의 마을 절집이었소. 그러니 많지는 않지만 기도하러 오는 신도가 한둘은 꼭 있어 이렇게 해마다 장도 담그고 김장도 담가 일 년 살림 준비를 해 놓는 거라오."

이윽고 고추장 치대기를 마친 노보살은 젊은 신도들과 손을 맞추어 어느결에 점심공양을 차렸습니다. 막장에 쓸 보리밥에 감자를 다져 넣고 끓인 강원도식 강된장과 고추장 비빔밥. 오늘 장 담그는 날의 특별식입니다. 반찬으로 백김치와 깍두기가 곁들여지고, 후식에는 느릅나무차가 준비되었습니다. 그런데 노보살이 손님에게 영 서운하다

며 다시마부각, 콩장, 배추김치를 기어이 추가합니다. 모두가 노보살의 손맛 배인, 이 절집에서는 아껴 먹는 밑반찬들입니다.

6년째 밥 대신 잣죽과 솔잎가루 공양을 하고 있다는 주지 고산 스님도 오늘은 흔쾌히 특별식을 받았습니다. 주지도 손님도 공양주도 모두 함께 뜨뜻한 온돌방에 둘러앉아 아무런 격의 없이 밥을 먹고 있는데 별미에 입맛이 당겼음인지 스님이 한 말씀 던집니다. '솜씨 좋은 노보살님 덕분에 중이 살찌게 생겼다'고.

아닌 게 아니라 반찬마다 맛이 깊고 감쳐서 자칫 과식을 할 것 같습니다. 절집 옆의 국유지를 개간하여 스님이 직접 농사를 지은 무와 배추는 지난가을 노보살의 손끝에서 얼마나 야무지게 김장이 되었던지, 설이 지난 지금까지도 아삭하고 상큼한 맛을 그대로 유지하고 있었습니다.

● 강원도 인심처럼 순한 점심공양을 참 맛나게도 먹었습니다.

점심공양을 마치자 본격적인 장 담그기가 시작됐습니다. 보리밥과 고추씨 가루를 이용하는 강원도식 막장입니다. 엿기름 끓인 물에 곱게 빻은 메줏가루 닷 말과 고추씨 가루, 표고 가루를 넣고 응어리 없이 치댄 다음 식혀 둔 보리밥 한 솥과 소금 한 말을 넣고 다시 치대기 시작합니다. 스님이 농사지은 고춧가루 외에는 모든 재료를 이금수 보살이 직접 마련해 왔습니다. 본래 강원도식 막장은 산에서 나는 초피나무의 열매를 빻은 가루로 독특한 향을 내기도 하는데, 절에는 다른 지방에서 찾아오는 신도들도 있어 그것만 뺐다고 합니다.

그 사이 주지 스님은 겨우내 얼어서 위험해진 장독대를 옮겨 말끔하

● 마치 화전민의 집과도 같은 산속의 절, 흥덕사입니다.

게 손을 보아 놓습니다. 가난한 산골 절집을 혼잣손으로 꾸려오다 보니 이제 웬만한 일상의 허드렛일에는 척척 하는 이력이 붙었답니다. 하지만 기도철엔 여기서도 오백 미터를 더 올라간 진짜 토굴에서 용맹을 다 합니다. 그런 모습이 노보살과 신도들을 신명나게 하는 것 같습니다. 신뢰와 정성이 이 가난한 절집 살림의 버팀목이 되었습니다.

드디어 힘든 막장 치대기가 얼추 끝났습니다. 노보살은 주지 스님에서부터 손님까지 모두 간을 보게 한 다음 두 되의 소금을 더 넣더니 다시 한 되를 더 넣어 마무리를 짓습니다. 자기가 본 간에 대해 이러쿵저러쿵은 하였지만 아무도 손끝 야무진 노보살의 어림짐작을 의심하지는 않았습니다.

겨울 칼바람에 청청한 잣나무를 배경으로 노보살은 조심조심 막장을 옮겨 담습니다. 머리끝에서 쥐가 날만큼 추운 날, 일흔을 바라보는 자그마한 체구 어디에서 그런 강단이 나오는지 마지막 '고무다라이'를 헹구어 그 물을 마당너구리(개의 강원도식 별칭)들의 밥그릇에 담아주는 알뜰한 매조지까지, 노보살은 한시도 손을 놓지 않았습니다.

강원도의 인심처럼 순한 흥덕사의 보리막장은 이로써 잘 갈무리가 되었습니다. 가난한 절집의 반살림이 해결된 것입니다.

봄바람에 잣꽃 가루 흩날릴 때면 그 아래 장독에서는 구수한 보리막장이 익어갈 것입니다. 천생 보살인 한 공양주의 불심도 함께 말입니다.

● 겨울 칼바람 부는 날, 노보살은 막장을 담그느라 한시도 손을 놓지 않았습니다.

강원도식 막장 담그기

재료 • 메주, 보리쌀, 고추씨, 마른 표고, 엿기름, 굵은 소금

만들기

1 메주와 고추씨, 마른 표고는 곱게 빻아 가루를 만든다.

2 보리쌀을 씻어 큰 솥에 안치고, 물을 좀 넉넉하게 해서 보리 알갱이가 충분히 퍼질 때까지 익힌 다음 넓은 대야에 퍼서 식혀 둔다.

3 엿기름을 물에 치대어 찌꺼기를 짜내고, 국물을 가라앉혀 웃물만 따라 붓고 끓인다.

4 큰 대야에 메줏가루와 고추씨 가루, 표고 가루를 넣고 고루 섞은 다음 엿기름 끓인 물을 넣는다.

5 4에 식혀둔 보리밥과 굵은 소금을 넣고 재료들이 고루 섞일 때까지 치댄다.

6 조금 짠 듯하게 마무리 간을 본 다음 오지항아리에 담고 한지로 잘 봉해서 5~6개월 정도 숙성시킨다.

211

도움말 • 흥덕사의 경우, 메줏가루 다섯 말에 보리쌀 한 말, 고추씨 가루 3되, 표고 가루 3되, 굵은 소금 한 말의 비율로 했습니다. 각 재료는 입맛 사정에 따라 조금씩 가감해도 되지만, 소금의 양만큼은 위의 비율에서 조금 더 들어가도록 해야 합니다. 소금물에 1차 숙성시킨 된장과는 달리 막장은 전혀 간이 되지 않은 메줏가루로 담그는 것이므로 처음부터 좀 짜다 싶은 정도로 간을 맞춰놓지 않으면 숙성 과정에서 맛이 쉽게 변질되므로 특히 간 맞추기에 주의해야 합니다. • 원래 강원도식 막장에는 우리 토종 향초인 초피나무의 열매 가루를 넣어 독특한 향을 냅니다. 향 때문이기도 하지만 초피에는 구충 효능이 있어 장맛의 변질을 막아주고 저장에도 도움이 되기 때문입니다.

차별 없이
고루 나누는
밥, 공양

옛날 옛적 어느 동짓날, 한 절집 공양주 보살이 늦잠을 자는 바람에 그만 불씨를 꺼트리고 말았습니다. 부랴부랴 산 아래 김서방네로 달려가니 김서방 왈, 조금 전 동자승이 와서 불씨를 가져갔는데 웬 불씨를 또 얻으러 왔느냐며 퇴박입니다. 아무리 생각해도 절집에 동자승은 없는지라 부득부득 불씨 얻기를 청하니 김서방 눈을 휘둥그렇게 뜨고서 방금 동자승이 배가 고프다며 허겁지겁 비우고 간 팥죽 사발까지 내밀어 보입니다. 황급히 절집으로 돌아와 보니 웬걸, 공양간 아궁이엔 불꽃이 활활 타오르고, 가마솥에선 김이 무럭무럭 피어오르고 있습니다. 부처님의 조화로다! 옷깃을 여미고 부지런히 팥죽을 끓

● 동짓날 아침 일찍부터 팥죽 끓이기가 시작되었습니다.

여 각 전을 돌고 있던 공양주는 마지막 나한전에서 그만 까무러치게 놀라고 말았습니다. 나한님 한 분이 불그죽죽한 김서방네 팥죽을 입가에 잔뜩 묻히고서 이쪽을 굽어보고 계셨던 것입니다. 비로소 자신의 직무태만을 뼛골까지 반성한 공양주 보살은 그 이후 다시는 불씨를 꺼트리지 않았다고 합니다.

절집 공양간마다 이런 내용의 설화 한 토막씩은 흔하게 전해 내려오고 있습니다. 불씨가 귀하던 시절의 이야기입니다. 불씨라니, 손마디 하나만 움직이면 언제 어디서건 원하는 불을 지필 수 있게 된 오늘날엔 참으로 생경스런 말이기도 합니다.

하필 동짓날에 공양간 풍경을 취재하기 위해 봉녕사로 가는 내내 이 불씨 이야기가 머릿속을 맴돌았습니다. 격세지감 때문이었습니다.

시대가 변천하고 인구가 늘면서 승속 따로 없이 살림의 규모와 사정
이 크게 달라져 버린 오늘에 있어 절집이라고 공양간 속사정이 뭐 그
리 오롯하게 담아낼 게 있을까 싶은, 걱정의 마음이 적지 않았습니다.
봉녕사 역시 공양간은 요즘 식으로 갖추어져 있었습니다. 익힘 불은 가
스와 전기를 쓰고, 많은 집기가 가볍고 편리한 합성수지 제품들로 바뀌
어 있었습니다. 그럼에도 분명 다른 것이 있었습니다. 그 낯익은 시설
과 비품들 사이에서 한눈에도 확 다르게 와 닿는 것, 그것은 단출함이
었습니다. 많게는 몇천 명에서 평상시에도 이삼백 명분의 음식을 조석
으로 만들어 내는 공양간에 단출함이라니, 참 의외로운 느낌입니다.

개수는 늘어나고 모양새는 바뀌었으되 그 종류에 있어서만은 꼭 필요한 몇 가지에서 더 늘어남이 없는 주방 기구들. 규율과 절제로써 수도꼭지 하나 예사로이 열고 닫는 법이 없고, 패인 나무 도마 하나도 쉬이 버리지 않는 엄연한 가풍. 이 둘이 오랜 세월 서서히 배어들어 자연스러운 한살림을 이루고 있었습니다. 그 한 곁에 넉넉한 가마솥과 정겨운 장독대와 우리네 아름다운 세시풍속이 이제도 오롯하게 남아 있었습니다.

수원의 대찰 봉녕사는 강원과 율원을 갖춘 비구니 사찰입니다. 공양주를 따로 두지 않고 학인 스님들이 직접 공양간 소임을 맡음으로써 밥 짓고 국 끓이는 등속의 허드렛일을 수행의 한 부분으로 삼는, 절집 고유의 전통을 도도히 지켜오고 있습니다.

후원 업무 전체를 총괄하는 원주 스님과 농사와 공양간 업무를 관장하는 도감 스님의 감독 아래 밥을 담당하는 상공양 스님, 반찬을 담당하는 별좌 스님, 찌개와 국을 담당하는 상채공 스님이 있고, 그 아래에서 치문반 스님들은 그릇과 조리 기구 등의 도구 준비와 쓰레기 등의 뒤처리까지를, 사집반 스님들은 다듬어 씻고 삶고 자르는 등의 과정을, 그리고 사교반 스님들은 끓이고 굽는 등의 조리 과정을 맡아 일사불란하게 움직이고 있되 어느 하나 허투루 임하는 것이 없고 수행 아닌 것이 없습니다.

● 우리네 아름다운 세시풍속이 오롯이 남아있는 정겨운 장독대입니다.

그런 중에도 동짓날 공양간 소임은 가히 막중하다 할 만합니다. 팥 열
말에 쌀 여덟 말, 옹심이 만드는 데 들어간 쌀만도 무려 다섯 말입니
다. 이는 절집 밖 우리 세시풍속을 까맣게 잊어버린 세속 중생을 위한
것까지 포함된 양으로 하마 칠백 명이 먹고도 남을 양입니다. 이 중대
사를 위해 소임 스님들은 물론 신도들까지 전날 밤늦은 시간까지 울
력에 동참했습니다.

출세간의 절집 공양간에서 하필이면 세간에서조차 묻어 버린 세시풍
속을 이렇듯 알뜰히도 지켜오고 있는 까닭에 대해 잠깐 생각해 보지
않을 수 없었습니다. 알량한 시류를 좇느라 우리네 아름다운 풍속마
저 귀찮고 거추장스럽다는 이유로 외면해 온 세속 중생에게 절집에
서 챙겨주는 동지팥죽 한 그릇은 분명 단순한 음식이 아닙니다. 이
땅에 면면하게 이어지고 있는 그 어떤 정신이며 그것을 잊고

사는 얄팍함을 스스로 뒤돌아보게 하는, 참으로 따뜻하고 고마운 경책에 다름 아니었습니다.

팥죽 끓이기는 동짓날 아침 일찍부터 시작되었습니다. 물론 팥을 삶아 거르고 옹심이를 만드는 등속의 일은 이미 전날에 모두 끝내 놓았지만, 그 방대한 양의 죽을 끓여내는 일이란 결코 손쉬운 일이 아닙니다. 닷 말 들이 가마솥 두 개에 장작불을 지피고, 팥물 속의 쌀이 눌어붙지 않도록 나무주걱으로 저어주는 일들로 소임 스님들의 손길은 잠시도 쉴 틈이 없습니다.

많은 양을 한꺼번에 실수 없이 익혀 내기에는 가마솥이 제격인지라 가마솥이 걸려 있는 후원 뒤편의 별채 쪽이 더 분주합니다. 동치미와 갖가지 장아찌를 저장해 놓은 장독간에도 스님들의 발길이 잦습니

● 동지팥죽이 조금의 차별 없이 고루 나누어졌습니다.

다. 매캐한 연기와 불티에 눈물을 찔끔거리고, 튀어 오르는 죽물에 데기도 하면서 얼어붙은 층계참을 수없이 오르내리지만 그 어떤 어수선함도 없습니다. 처음으로 참여하는 신도들조차 종종거리는 사람이 없을 정도입니다. 잘 길든 바퀴가 제 힘에 돌아가듯 저절로 이 솥 저 솥에서 차례로 죽이 끓고, 옹심이가 떠오르고, 어느 사이 그릇그릇 동치미가 담기는 것만 같습니다. 행주좌와 어느 하나 수행 아닌 것이 없다는 절집의 엄한 가풍이 밥 짓는 마음과 설거지하는 손길들을 제 스스로 단속하게끔 오랫동안 이끌어 주었음이 틀림없습니다.

이윽고 동짓날의 봉녕사 점심공양이 차려졌습니다. 팥죽에 간장깻잎 장아찌와 동치미가 전부인 참 간단하고 깨끔스런 차림입니다. 동치미의 무와 간장에 절인 깻잎, 그리고 그 간장의 재료인 콩과 버섯까지

도 봉녕사 후원에서 학인 스님들이 직접 가꾸고 만든 온전한 유기농 식단이기도 합니다.

혀끝의 미각을 위한 것이 아닌, 오직 도기^{道器}로서의 스님들 몸을 위해 필요한 최소한의 자양분을 갖춘 한 끼입니다. 그 소박한 음식은 봉녕사 최고 어른이신 묘엄 큰스님 전에나, 동지 기도를 온 아무개 중생 앞에나, 그리고 절집 밖 어느 관청으로 보시되는 것까지, 조금의 차별 없이 고루 나누어졌습니다. 공양^{供養} 이라는 이름에 참 걸맞은 나눔입니다.

● 저장고엔 온갖 농산물이 차곡차곡 갈무리되어 있습니다.

그 귀한 공양 감사히 대접받고, 키보다 높이 쌓아 올린 그릇간과 스님들이 직접 지어 차곡차곡 갈무리해 둔 온갖 농산물 저장고와 김치 저장실, 그리고 고추간장지, 깻잎간장지, 건채 모음 등등 조목조목의 이름표를 달아놓은 장독간까지 살짝 엿본 다음, 붉고 푸른 양파망을 곱게 씻어 살뜰하게 널어놓은 광경을 감탄하며 발길을 돌리려는데 문득 한 광경이 또 다시 눈길을 붙잡습니다. 세간의 여느 집에서 그리하듯 물기가 빠지게끔 음식 쓰레기를 담아두는 소쿠리였습니다. 그런데 오늘 먹은 수백 명 분의 음식 쓰레기가 겨우 그 작은 소쿠리 하나를 채울락 말락 하는 양밖에 되지 않습니다.

부끄러움으로 슬그머니 돌아서는데 심상한 한 목소리가 중생의 허랑한 부엌살림 솜씨를 아프게 때립니다.

그나마 스님들만의 공양이었다면 단 한 줌의 쓰레기도 없었을 것이라고…….

전통식 동지팥죽 끓이는 법 (4인분 기준)

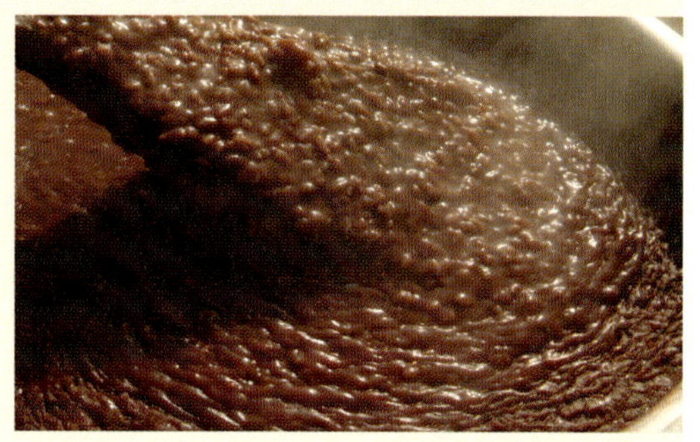

주재료 • 불린 쌀 2분의 1컵, 팥 2컵, 물 15컵, 소금 약간

새알심 재료 • 찹쌀가루 1컵, 멥쌀 혹은 현미가루 3분의 1컵, 소금 약간, 더운물 약간, 녹말가루 약간

만들기

1 쌀은 전날 밤에 씻어서 하룻밤 정도 불려 건져둔다.

2 팥은 일어 씻은 후 유리냄비에 담고 잠길 정도로 물을 부어 불에 올린 후 끓어오르면 바로 물만 따라 버리고 다시 찬물을 부어 팥알이 물러 터질 때까지 푹 삶는다. 이때 센 불보다 약한 불에 서서히 퍼지도록 삶아야 색도 살고 맛도 좋다.

3 팥이 퍼지는 동안 찹쌀가루에 더운물과 소금을 약간 넣고 잘 섞어주며 새알심 반죽을 한다. 찹쌀가루는 반죽을 오래 해 줄수록 차진 기운이 생겨나므로 처음에는 좀 되직하게 반죽을 하고, 다 된 반죽은 비닐에 씌워 30분에서 한 시간 정도 숙성을 시킨다.

4 숙성된 반죽을 조금씩 떼어 손가락 굵기 정도로 가락을 만든 다음 적당한 크기로 잘라 손바닥으로 굴려 먹기 좋은 크기로 새알심을 만든 다음 녹말가루를 살짝 묻혀 둔다. 이때 녹말가루가 너무 많이 묻지 않도록 주의한다.

5 팥이 푹 익으면 뜨거울 때 어레미 체에 쏟아서 나무주걱으로 으깨어 속살만 거른다. 팥을
   거를 때는 말간 물이 나올 때까지 새 물을 부어가며 손으로 주물러 붉은 속살을 모두 걸러
   낸 다음 체에 남은 팥 껍질은 버린다.

6 거른 팥을 그대로 두면 팥 앙금이 가라앉는데 이때 윗물만 따라 밑이 두터운 유리 솥이나
   도자기 솥, 스테인리스 솥에 따라 붓고 끓인다.

7 팥물이 끓어오르면 불린 쌀을 넣고 쌀알이 퍼질 때까지 끓이면서 가끔 나무주걱으로 저어
   눋지 않도록 한다. 쌀이 거의 퍼지면 팥 앙금을 넣고 저으면서 다시 한 번 더 끓이는데 팥죽
   은 약한 불에서 서서히 끓여야 붉은 색이 곱게 쑤어진다.

8 쌀이 퍼져 죽이 잘 쑤어졌으면 만들어 둔 새알심을 넣는다. 새알심이 동동 떠오르면 불을
   끄고 상에 내기 전에 소금 간을 한다. 기호에 따라 꿀, 설탕을 곁들여도 된다.

도움말 • 팥은 곡식 중에서 맛이 제일 좋고 영양분도 풍부합니다. 껍질 속에 들어 있는 사포닌은 몸속의 독성과 노
폐물을 걸러주고 배변을 도와줍니다. 하지만 너무 많이 먹으면 설사를 할 수도 있고, 쓴맛이 있으므로 팥을 삶을 때
끓어오르는 첫물은 따라서 버리도록 합니다. • 팥은 껍질이 두꺼워 물에 불려도 거의 불지 않습니다. 은근한 불에
찬물을 부어가며 서서히 익히는 것이 맛도 좋고 색도 좋습니다. • 금속류는 팥과 상극입니다. 팥이 금속류에 닿으면
색이 거무튀튀하게 변하고 영양소도 파괴되므로 팥죽을 끓일 때는 금속용기를 피하도록 합니다. • 팥은 소화가 잘
되는 음식이지만 설탕과 함께 먹으면 산화작용이 일어나 오히려 소화에 방해가 될 수도 있으므로 가급적 설탕을 가
미하지 말고 소금 간만 해서 먹는 것이 영양 섭취에 좋습니다. • 변비가 심한 사람은 팥을 껍질과 함께 먹으면 도움
이 됩니다. 특히 쌀과 궁합이 잘 맞아 팥죽으로 먹을 경우 다이어트에 매우 좋은 영양식입니다.